由汕头通往潮州的汕樟轻便铁路

大埔（青溪）交通中站码头

大埔（青溪）交通站秘密仓库之一：大水坑棣萼楼

下伯公凹交通小站

中华苏维埃临时政府所在地，瑞金叶坪

2009年7月，笔者采访交通线知情者曾话（右，下伯公凹人，87岁）

苏维埃血脉

中共中央至中央苏区秘密交通线纪实

李元健◎著

金城出版社
GOLD WALL PRESS

图书在版编目(CIP)数据

苏维埃血脉：中共中央至中央苏区秘密交通线纪实 / 李元健著 . — 北京：金城出版社，2017.6（2022.11 重印）

ISBN 978-7-5155-1189-4

Ⅰ. ①苏… Ⅱ. ①李… Ⅲ. ①纪实文学 – 中国 – 当代 Ⅳ. ① I25

中国版本图书馆 CIP 数据核字（2017）第 079633 号

苏维埃血脉：中共中央至中央苏区秘密交通线纪实

作　　者　李元健
责任编辑　柴　桦
开　　本　710 毫米 ×1000 毫米　1/16
印　　张　14.75
字　　数　165 千字
版　　次　2017 年 8 月第 1 版　2022 年 11 月第 2 次印刷
印　　刷　旭辉印务（天津）有限公司
书　　号　ISBN 978-7-5155-1189-4
定　　价　40.00 元

出版发行　金城出版社 北京市朝阳区利泽东二路 3 号　邮编：100102
发 行 部　（010）84254364
编 辑 部　（010）64222699
总 编 室　（010）64228516
网　　址　http://www.jccb.com.cn
电子邮箱　jinchengchuban@163.com
法律顾问　北京安理律师事务所　18911105819

序

石仲泉

中共福建省龙岩市委党史研究室李元健同志著的《苏维埃血脉：上海至中央苏区秘密交通线纪实》，是一部描写土地革命战争时期党开辟的从上海到中央苏区的秘密交通线故事的纪实文学，书稿近20万字。该书反映了那时从事秘密交通工作的共产党人，为了党和人民的革命事业，不畏艰险、不怕杀头、前赴后继，在敌人的营垒底下，在恐怖阴霾中，与之斗智斗勇，明里暗间展开的较量。书中情节跌宕起伏，内容扣人心弦，读后会有一种震撼感。

20世纪30年代初期，中国共产党和其领导的人民武装力量还处于弱小地位，革命斗争异常艰难。但是，中国共产党人有着坚定的共产主义信念，有着坚强的革命斗志之心，他们认准真理、勇往直前。当时，党中央在笼罩着白色恐怖的国民党心脏地区上海，指挥全国各地的革命根据地斗争，以及苏区红军的作战。上海的中央机关有一批精干的红色交通员，他们不分昼夜与敌人周旋，传递着中央与苏区的指示和信息，输送着苏区所需的紧缺物资、电台和武器弹药，护送着一批批党的领导干部到中央苏区。由于战争环境的险恶，上海通往全国各苏区的交通线大都被敌人截断和破坏，唯独上海通往闽西、赣南中央苏区的交通线被完整无损地保存下来了。这条交通线长达数千里，途经香港、汕头、大埔等地，这些城镇遍布特务，所经交通要道岗哨林立、国民党军队和地方民团戒备森严，社会地痞、市井流氓等到处都是。但是，红色交通员们个个身怀绝技、智勇双全，仿若入无人之境，出色地完成一次次艰巨任务。特别是中央特科负责人顾顺章叛变之后，整个国统区笼罩在惊人的恐怖氛围中，而我们党的一群群精英、一份份绝密文件、一批批紧缺物资竟安然无恙地从敌人鼻子底下源源不断地护送到中央苏区。也正是这条秘密交通线的存在，在上海的中共中央机关和党的领导人才得以安全脱离险境，顺利抵达中央苏区首府瑞金。在这一特殊历史时期，这条红色交通线为中国革命作出了巨大贡献。

我这些年“走走党史”，也非常关注这条红色交通线。2003 年 11 月下旬和 2007 年 7 月下旬，我曾两次考察过作为这条交通线重要枢纽的广东大埔县青溪镇，对这条红色交通线有一定了解。李元健同志对这条红色交通线作了较深入的研究，挖掘出不少史料，历经多年努力写成纪实文学《苏维埃血脉：上海至中央苏区秘密交通线纪实》，填补了这段党史资源的不足，值得勉励和祝贺。当然，纪实文学不是历史，该书也不完全是那段党史。但是，它是以那段历史为背景和依托来展开的，主要历史人物的主要情节基本上是真实的，因而对进行党的历史教育和革命传统教育，弘扬苏区精神是具有积极意义的。李元健同志多次来电谈及此事，我个人曾考察过那段历史，有一种亲切、亲近的感情，故乐意为该书说上几句，权作为序吧。

石仲泉 全国著名党史专家，中共中央党史研究室原副主任、研究员，毛泽东思想邓小平理论研究会会长，全国中共党史人物研究会副会长。

再版序言

王　佗

在金城出版社的鼎力支持下，《苏维埃血脉：中共中央至中央苏区秘密交通线纪实》得以再版。当年中央苏区红色秘密交通线可歌可泣的故事，再次呈现读者面前。

对党忠诚、不怕牺牲、忘我奉献、埋头实干，是中央苏区红色交通员精神风貌的真实写照。秘密交通线千里绵延，红色交通员秉承崇高的革命理想和信念，为了民族独立和人民解放的事业，机智勇敢、出生入死，付出了令人难以想象的代价。他们突破一道道封锁线，翻越一座座深山老林，顶着一个个风雨昼夜，护送每一份情报、每一件物资、每一位同志，面对凶残的敌人、崎岖的险道、毒蛇与猛兽，常常忍饥挨饿、历尽煎熬，谱写了一篇篇气壮山河的英雄赞歌。与此同时，无数苏区群众冒着生命危险，千方百计掩护交通员完成传递、护送任务。这些感人至深的场景、火热的革命情怀和崇高牺牲精神，永远值得我们缅怀和学习！

福建省龙岩市老党史工作者李元健同志，花了数年时间，历尽艰辛寻找搜集史料，撰写了《苏维埃血脉：中共中央至中央苏区秘密交通线纪实》一书，生动再现了土地革命时期中共中央与中央苏区加强联系，保障情报信息、人员、物资等方面流通的秘密交通线概况。当时的中共中央机关隐蔽在国民党统治区的上海，四处布满白色恐怖；中共领导的苏区分布在全国各地，较大的苏区有12个：中央苏区、湘鄂西苏区、海陆丰苏区、鄂豫皖苏区、琼崖苏区、闽浙赣苏区、湘鄂赣苏区、湘赣苏区、左右江苏区、川陕苏区、陕甘宁苏区、湘鄂川黔苏区。每个苏区都有与中央联系的秘密交通线。由于种种原因，唯有中央苏区这条秘密交通线始终困不住、打不散，一直坚持到红军长征后。在革命紧急关头，就是通过这条秘密交通线，党的中央机关得以从白色恐怖笼罩下的上海安全转移到地处闽赣的中央苏区。这条红色交通线曾经是名副其实的关系我们党生死存亡的生命线。无数先辈不顾安危，奔走周旋于这条秘密交通线，不为名、不图利，不惜牺牲生命乃至家庭，保住了这条极为重要的秘密交通线，为中国革命从危机走向胜利的征程提供了重要保障。

红色秘密交通线生动诠释了“革命战争年代，保密就是保生存、保胜利”的真理。世情、国情、党情深刻变化的今天，红色保密史料昭示的革命先辈“人在密在”“保密重于生命、责任重于泰山”的精神风范，我们依旧要弘扬和传承。要秉承先辈们忠诚奉献的光荣传统，深刻认识改革开放和现代化建设时期，保密就是保安全、保发展，牢固树立国家利益高于一切、保密责任重于泰山的理念，自觉遵守党的保密纪律和国家保密法律法规，为实现中华民族伟大复兴的中国梦做出积极贡献！

王佗　中共福建省委办公厅巡视员，福建省国家保密局原局长。

目录

目录

苏维埃血脉是土地革命战争时期中共中央与全国各苏区的交通线中，唯独保存下来的一条红色秘密交通线。她紧密地连接着中共中央与中央苏区，相依相连，是中国共产党的生命线。反本溯源，我们仍然可以感受到那搏动的血脉，仍然可以看到80多年前，战斗在红色地下交通线上的广大革命先辈和人民群众用生命维系着中国共产党的生命线，留下了一曲曲可歌可泣的英雄赞歌。

——题记

引　言

上海—香港—汕头—永定—上杭—连城—长汀—瑞金；瑞金—长汀—连城—上杭—永定—汕头—香港—上海，这条线路是20世纪30年代初期，唯一保存下来的中共中央与中央苏区联系的红色地下秘密交通线。

20世纪30年代初的上海是国民党统治区，中共中央机关秘密设在这里。中华苏维埃共和国是在闽西、赣南中央苏区的基础上建立起来的，作为全国最大的苏区，始终保存着一条从上海通往苏区的秘密交通线。这条由上海至中央苏区的交通线，水陆并存，城乡混合，曲折艰险，全长达3000多里。它仿若人体内的血管，畅通地流转，维系着生命。正是这条交通线的存在，使中国共产党在当时身处险恶环境和势力薄弱的情况下，得以生存并与敌方展开周旋，最终战胜敌人。如果把在上海国民党营垒中秘密开展工作的中共中央比作人的心脏，那么中央苏区就好比是手足，这条地下交通线就是连接心脏与手足的大动脉。中央苏区的主要创始者毛泽东，把这条地下交通线生动地比喻为“人体的血脉”。

当时，设在上海的中共中央机关，遥遥地掌握着这块被寄予最后希望的中央苏区。而远在数千里之外的赣南、闽西中央苏区，雄关漫道、路途迢远，中间隔着壁垒森严的国民党统治区。中共中央曾经建立了多条通往全国各苏区的地下交通线，但在白色恐怖的高压笼罩下，多数地下交通线脆弱得像暴风雨中的风筝线，随时都有断裂的可能。而上海—香港—汕头—永定—上杭—连城—长汀—瑞金一线的交通畅道，是唯一保存下来的地下交通线。

这是一条怎样的地下交通线？它由谁铺设？如何维系？与其他苏区的交通线相比，其与众不同的地方在哪里？透过80多年的历史帷幔，仍能清晰地看到它的脉络与搏动。它是一条维系党中央与苏区联系，保障苏区隐蔽生存的生命线。没有它的存在，也就没有苏区的存在，二者同存同荣。浴血奋战在地下交通线上的革命勇士和许许多多的革命群众，奋不顾身地战斗在这条秘密战线上，用他们的生命护卫着这条红色生命线。

这条从上海通往苏区的血脉，从“起点站”上海出发，先乘船走水路绕赴香港，尔后回转内地，沿途经广东的汕头、潮安、大埔、青溪，进入中央苏区范围的闽西永定、上杭、连城、长汀，最后抵达“终点站”——中央苏区的“心脏”：赣南的瑞金。有了这条交通线，重要文件及情报得以递送，紧缺物资得以输送，各级干部得以过往。交通线一度是那么的川流不息、源源不断，涌动着一股红色巨流。这条血脉时而是可见的，时而也是隐蔽潜伏的；不但是物质的，也是精神的；不但是历史的，也是永恒的。

在敌人声称“不给赤匪粒米勺水之接济，片纸只鸟之通过”的严密封锁之下，奋战在这条红色交通线上的地下交通员们经常在码头、车站遭到虎视眈眈的军警、特务的搜身，在旅店、餐馆突遇荷枪实弹的“不速之客”的盘查，在漫漫行途上面对一道道明卡暗哨的堵截……其中的艰难险阻超乎常人想象，可谓是荆棘遍布、危机四伏，无情而严峻地考验着每个地下交通员的革命毅力和斗争智慧。但不论环境多么险恶，交通员们都出色地完成每一次的艰巨任务。

千里征程百道卡，越是艰险越向前。战斗在红色交通线上的地下交通员们，用他们的智慧和勇敢，打造出了这条屡建奇功的“生命线”；用他们的脚板和铁肩，留下了不可磨灭的人生背影；用他们的智慧和勇敢，书写了一页页不朽的篇章；用他们的忠诚和鲜血，演绎了一个个传奇故事。

他们身藏绝密文件，遇到敌人就是刺刀指在胸膛也毫不慌张，镇定自若地躲过敌人的怀疑；他们携带电台入住旅馆，一夜历经三次搜查都巧妙避开；中共中央要将一位金发碧眼、深目高鼻的共产国际军事顾问李德派往中央苏区，交通站的武装护卫队历尽艰辛把洋顾问毫发无损地送达苏区；周恩来以世人罕见的镇静和睿智，化装成牧师、画像师，穿越敌人的封锁线；一批批苏区亟须的紧缺物资、装备，在敌人眼皮底下，变戏法般完成了大搬运……

巍巍青山水弯弯，瑞金上海紧相连。

红色交通似血脉，源源“血液”供苏区。

第一章　探　脉

20 世纪 20 年代末，由中国共产党人领导的中国革命，在一场覆盖高山原野的漫天冰雪中发生了悄然无声而壮烈的变化。1929 年 1 月中旬，崛起于井冈山的由毛泽东、朱德率领的红四军，离开战斗了一年多的罗霄山脉中段根据地，挺进土地更为广袤、人口更为众多的赣南、闽西地区，一个斗争形式继承井冈山割据，又超出了井冈山的新根据地，逐步在国民党统治势力相对薄弱的赣、闽地区逐渐形成，如火如荼的革命波澜席卷两省的 20 余个县，并连接成片，成为中国红色区域面积最大、人口最多的中央革命根据地。这块革命根据地是中共中央寄予最大希望、并成为几年后在此立国的红色区域。

中国共产党在汉口紧急召开八七会议后，中央机关于 1927 年 9 月底至 10 月上旬由武汉迁往上海。作为中国共产党的领导中枢，党中央机关在国民党戒备森严、军警如林的大营垒上海，而中央苏区却在几千里之外的闽西、赣南。党中央就像人体的大脑，中央苏区就像是人体的躯干，这种情况无异于大脑远离躯干。

大都市的繁华和苏区落后的交通、闭塞的信息，就像一把双刃剑，虽利于党中央机关的藏匿和活动，同时也给领导中枢对苏区的指挥带来重重困难。

这种困难是显而易见的。上海与苏区相隔千里之遥，中共中央要向苏区中央局发去一道指令，往往只能靠人工传递，即便顺利，往返一趟也得花去一两个月时间。中央要向苏区派去担任指导的干部，因为没有一条安全可靠的通道，一路上常常频出麻烦、险象环生。由此以来，辟设一条由上海通达中央苏区的秘密交通线，已是李立三、周恩来等中共领导人共同意识到的迫在眉睫的当务之急。这种急迫的心情，可以从中央给各苏区党委的信中得以体现。

1931 年 3 月中旬，中共中央就“建立交通关系及报告制度”，致信红色中央苏区的中央局及鄂豫皖、湘鄂西各苏区，信中写道：

> 苏维埃区域红军与中央的相互关系……希望与各苏区建立经常交通关系及交通站，以便输送工作人员到各苏区及红军去，以便通知中国时局形势及我们任务的规定，以便通知反革命营垒内情况，以便通知国际革命运动特别是关于苏联国家情形等等。

中央建议所有苏区务必在每月农历初一和十五做报告送给中央，叙述各苏区情形。应设法建立苏区间交通路线，彼此传达各种消息。

在各军间及各军与上海间的无线电交通建立完成后，报告的输送可延长时间至一月为限。

中共六届三中全会后，中共中央为加强与各苏区的联络，于 1930 年 10 月成立了交通局，将军委交通总站和中央外交科归于交通局，直属中央政治局管理。指定由周恩来、向忠发（后叛变）、李立三和吴德峰组成委员会，任命吴德峰为交通局长，主要任务是打通以“中枢”为主的各苏区交通线，建立起严密而安全的交通网络。

对于这条上海与中央苏区联系的地下交通线所发挥的巨大作用，毛泽东曾深有感触地说：“交通线就像我们身上的血脉，血脉不通是不行的！”

为了中华苏维埃血脉的畅通，在上海的中共中央和直接领导交通线的周恩来、中央苏区毛泽东等人为之付出了大量心血。然而，正是周恩来、毛泽东等人为之倾注大量心血，精心设计、严格实施保密措施，才有了在中国共产党领导的土地革命战争中这么一条挽救党和红军的生命线。

20 世纪 30 年代初，中国共产党和红军都处于十分弱小的状态，国民党反动派在城市设置了密集的火力网，到处笼罩着血腥的白色恐怖。当时中共中央的首脑机关在国民党大本营上海，由于种种原因，通往全国各苏区的交通线遭到不同程度破坏，唯独这条由上海通往中央苏区的秘密交通线在地下交通员和广大群众的维护下，仍然在敌人的眼皮底下畅通无阻。这使得尽管在 1931 年 4 月和 6 月顾顺章、向忠发相继叛变，而中共中央在上海的几百名精英得以处乱不惊，稳稳当当地继续在这条秘密交通线上输送党的干部和物资到中央苏区。

毛泽东的亲笔信，摆到了周恩来案前

红四军主力于1929年初离开井冈山、进入闽西后的一段时间里，毛泽东的军旅之路始终是曲折中坎坷不断，希望伴随着失望，然而又在失望中出现意想不到的契机。这一年的3月20日，福建汀州的辛耕别墅热闹非凡，别墅外春意盎然，别墅内春意浓浓。在这个百花盛开、万物复苏的季节里，由毛泽东任党代表、朱德任军长的红四军前委扩大会议在这里召开，会议诞生了一份中央苏区创建的宏伟蓝图。正是这一宏伟蓝图给中国革命带来了光明的前景。这次会议形成的决议明确指出："在国民党混战初期，以赣南、闽西二十余县为范围，以游击战术，从发动群众以至于公开苏维埃政权割据。由此割据区域，以与湘赣边界之割据区域相连接。"

随后，红四军趁敌人驻扎在赣南闽西的兵力空虚，转战几千里，除赣南以外，又先后打下福建的长汀、永定、龙岩，在这些地方建立了红色政权。9月间，又攻占"铁打的上杭"县城，开辟了闽西革命根据地。

太阳照在汀江河上，两岸争相怒放的野菊花在阳光的照射下显得格外醒目。10月11日，毛泽东起得特别早，他活动活动了身体，看见汀江两岸翠绿的毛竹和鲜艳的菊花，叫醒夫人贺子珍。这天是农历九月初九重阳节，毛泽东于头天晚上来到上杭，住在汀江岸边的临江楼。毛泽东同贺子珍凭栏远眺，只见汀江对岸山峦起伏，江面如同闪光的锦缎，江边大榕树的根须潇洒地飘荡于河岸。在翠竹和菊花的映衬下，毛泽东触景生情、诗兴大发，当即吟成一首《采桑子·重阳》：

人生易老天难老，
岁岁重阳，
今又重阳，
战地黄花分外香。

一年一度秋风劲，
不似春光，
胜似春光，
寥廓江天万里霜。

随即，红军横扫驻扎在闽西境内的敌人，至1929年11月底，闽西的龙岩、长汀、连城、永定、上杭、武平等6个县纵横300多里成为红军区域，成立了4个县苏维埃政府，2个县革命委员会，50多个区、400多个乡苏维埃政权，80万民众破天荒地有了自己的田地。很快，闽西、赣南20多个县连成一片，形成了中央革命根据地。

早在半年之前，毛泽东于井冈山的八角楼就这样预言：蒋介石和广西桂系军阀之间的战争正在酝酿之中，军阀间的争斗，恰恰是红色政权得以生存的重要条件。果如其所料，毛泽东的回信刚刚发出，蒋桂战争就爆发了。军阀混战所带来的纷乱局势，红军打土豪、分田地带来的热闹场面，交错在毛泽东的脑海里，于是便有了一首《清平乐·蒋桂战争》

风云突变，
军阀重开战。
洒向人间都是怨，
一枕黄粱再现。

红旗跃过汀江，
直下龙岩上杭。
收拾金瓯一片，
分田分地真忙。

然而，闽西、赣南中央革命根据地势如破竹的革命发展形势，却因通信、交通制约，加之国民党严密封锁，使远在数千里之外的上海中共中央无法了解真实情况，甚至一度对中央苏区的革命形势产生错误判断，发出与苏区革命发展形势大相径庭的指示。

当毛泽东、朱德正欲顺势施展更大的身手时，1929 年 2 月 7 日，中央发出的指令历经近三个月的艰难险阻，方得以送达红四军前委书记毛泽东手中。文件是这样说的：“你们应有计划有关联地将红军力量分成小部队的组织，散入湘赣边界各乡村中深入进行土地革命。……中央依据目前的形势，决定朱、毛两同志有离开部队来中央的需要。一方面朱、毛两同志离开部队，不仅不会有更大的损失，且有利于部队的分编计划的进行，因为朱、毛两同志留在部队中目标太大，徒惹敌人更多的注意，分编更多不便；一方面朱、毛两同志于来到中央后将一年来万余武装群众斗争的宝贵经验贡献给全国以至整个革命。”

看完这道命令，毛泽东顿时感到不可思议：眼下，红军指战员士气高昂，群众支持红军的热情高涨，正是根据地发展壮大的好时机，可中央的命令却要朱、毛两人离开红军，令红军分散……毛泽东觉得犹如一盆冷水从头上淋下来，眉头紧锁起来：“玉阶，你看看吧。”便把命令递给了朱德。

朱德接过信，快速地看了一遍，不解地说道：“这到底是搞啥子名堂嘛！”

是呀，自从 1928 年 4 月朱、毛井冈山会师以来，他们组建了红四军，领导红四军开辟井冈山革命根据地，挺进赣南、闽西，打了几个大胜仗，打土豪分田地，深受老百姓拥护，更令敌人胆战心惊。朱德是一个朴实亲切的革命军人，在红军中享有很高的威信，老百姓都把红军称为“朱毛”红军，甚至有些人以为“朱毛”是一个人。而眼下，正是红四军不断壮大、中央苏区蒸蒸日上的时候，却要他们离开红军、离开苏区……

毛泽东点燃一支烟，猛吸了两口，说道：“玉阶兄，我想中央这个命令是不切实际的，显然中央是对我们目前的情况不了解。我们应尽快把这里的真实情况及今后的行动方针向中央汇报。”

愁眉不展的朱德听毛泽东这么一说，重重地拍了一下自己的大腿：“言之有理，我们应该马上召开前委会议来研究一下。”

红四军前委会议上，坐在长凳上的毛泽东点燃半截香烟，慢慢地站了起来，他带着较浓的湖南口音说：“你们想想，这封信是2月7日写的，从信中内容可清楚地看出，去年3月起我们给中央的几个报告都没有收到，可以说中央对我们的情况是一点也不了解。那时的敌我力量和现在是完全不一样了。如果我们机械地执行中央的决定，就会脱离目前的实际情况，无疑会给部队造成损失，贻误发展革命势力的大好时机啊。特别是，红军一旦分散行动，肯定形不成拳头，只会被动挨打！”

在红四军前委委员们热烈的讨论中，大家达成共识，认为主力红军和地方赤卫队不同，主力红军中有很多不是本地人，把他们分散隐蔽到农村去是不现实的，既无落脚之处，又无生活的出路。何况，分散后领导机制不健全，碰到恶劣环境容易失散，被敌人各个击破。最后，大家一致推荐由毛泽东执笔向中央陈述详情，要求中央改变“二月来信”的指令。

江西瑞金山区的夜晚是寂静的，当地农民都习惯早早入睡。但叶坪村谢氏私宅内，毛泽东还在一盏马灯下伏案疾书。他亲自提笔向上海党中央的“二月来信”复信，信中客观分析了当前的形势和红四军所到之处革命斗争情况及发展趋势，有力阐述了在赣南、闽西创建农村革命根据地的必要性和可行性，清晰提出了红四军的行动计划，恳切希望中央改变“二月来信”调离朱毛、红军分散行动的决定。4月5日写完复信的那一刻，毛泽东点燃一支烟，深深地猛吸了几口，感到身上的包袱轻了许多。

毛泽东将复信仔细叠起来，小心翼翼地用油纸包好后，亲手交给交通员小李，他紧紧握住小李的手说："这封信是重若千斤啊，你们无论如何都要把信送到党中央周恩来手中，这关系到红四军的生死存亡呀。"总司令朱德补充了一句："要保证安全送达！"

一路风雨，一路征程，其中的甘苦自不待言。十余天后，交通员将这封用一层又一层油纸包封的信件交到了中央交通局吴德峰局长手上。

很快，这封由数千里之外的瑞金辗转而来的信件摆到了中央军委书记周恩来的办公桌上。

周恩来轻轻剥开油纸，小心地取出皱巴巴的信。毛泽东那熟悉的刚劲有力的字迹跃然眼前："你们对客观形势及主观力量的估计，都太悲观了……当前蒋桂两派军阀互相在斗，我们应利用这一大好时机，积极进取，争取江西，同时兼得闽西、浙西……半殖民地中国的革命，只有农民斗争不得工人领导而失败，没有农民斗争发展超过工人势力而不利于革命本身的……"

看完这封有理有据、分析透彻、言之凿凿的报告，周恩来心里的天平慢慢倾斜，那两道似剑浓眉也由凝重变为舒展。

根据当时国内局势和红四军所处状况，中央随后召开了中央常委会。在会上，周恩来说："红四军的情况过去我们了解甚少，在我们主观上于两个多月前给他们发出命令，现在根据红四军的情况报告，2 月 7 日的命令显然是行不通的，我们应根据目前局势重新给他们指示发展方向，把革命斗争推上高潮。"在周恩来的努力下，中央改变了 2 月 7 日给红四军的命令。

时任中共中央交通局局长的吴德峰后来回忆说："中共中央和红四军前委之间的信函往来都是党内交通进行传递的，如果没有党内交通，毛泽东的重要意见就很难反映到中央。”

半个多月过去了，红四军前委书记毛泽东日思夜想，挂念着给中央的复信会是怎样的结果，交通员途中会不会遇到麻烦？中央收到复信后会做出怎样的决定？……毛泽东点燃一支烟，陷入了沉思。

时间又熬过了十天。这一天，毛泽东下连队调查回来的路上，通讯员急匆匆赶来报告说收到了中央复信，有了新的指示。毛泽东迫不及待地打开中央来信，见信中肯定了红四军的战略方针和发展方向，道：“对嘛，我早就说我们党是实事求是的党。”随即高兴地命令警卫员即刻通知前委委员，快将这一好消息告诉大家。

有了中共中央的首肯，红军不用分散，朱、毛两人仍留苏区，可以更加放开手脚了。红四军所到之处，革命政权迅速建立，赤卫队、地方红军不断扩大，中央苏区呈现出一派蓬勃发展的景象。

中央苏区与中共中央的信息有效沟通，使中国革命又出现了新的高潮。

“让血脉流得更快”

3 月的上海，春寒料峭，细雨绵绵。而上海这个大都市的繁华并没有因此而减，依旧是车水马龙，人流穿梭。霓虹灯在绵绵的细雨中闪烁着，使上海这个大都市更增添了几分迷幻。

嘈杂的市场内，一位貌美端庄的年轻女子身着大花布袄，手提着装有大白菜的竹篮，到一家“源记”杂货店内买了些胡椒粉，在递上的纸币中夹着一张纸条。她那被晒成黑红色的脸庞上几乎没有表情，又似乎是在思索着什么。她与老板迅速交换了一个眼神，递过纸币后匆忙离去。

这位年轻女子是吴德峰家中的“女佣”，叫周惠年。吴德峰时任中共中央交通局局长，4 个月前才从中共河南省常委兼军委书记任上调来上海。到上海后，吴德峰以老板的身份租住在一处较高档的公寓，能够住在这种欧式公寓里的人没有女佣可是不相配的，好比一匹宝马没有配鞍，自然会引起敌人的怀疑。所以，组织上派周惠年到吴德峰家当“女佣”。

杂货店老板收到纸条看后即扔到火炉中，嘱咐小二看好店，急急忙忙到永安路找到了吴德峰的公寓。吴德峰的妻子戚元德也是一位地下交通员。她确认是自己人的联络暗号后将“老板”接进屋内。

上海慕尔鸣路口一家咖啡厅二楼包厢里，一个头戴礼帽、西装革履的英俊中年男子正在品尝咖啡。吴德峰按约定时间准时来到5号包厢，推开房门，只见伍豪（周恩来曾用名）早已等候在此。

秘密交通工作一向由中央军委书记周恩来直接领导，吴德峰夫妇也是周恩来指定调来的。他们每次见面都由双方交通员秘密在市场杂货店老板处交接纸条，事先约定好相见地点。周恩来的秘密住地——四川北路北安里44号也是临时住所，一旦有情况随时搬迁。他的住地唯有交通局长吴德峰和中共特科负责人陈赓知道，非特殊情况任何人不得前往。

吴德峰坐下寒暄了几句，周恩来便直奔主题：“德峰，给你们一项任务，你派人到香港去，在那儿设立一部电台，就叫南方局的电台吧。”

“喔，在那里设立电台，太好不过啦。”吴德峰掩饰不住心头的喜悦，又补充说：“有了电台，我们的‘血脉’流通就更快了。”

周恩来“唔”了一声，回道：“很好，说得很好。”接着，他稍作停顿，压低了声音说：“目前，中央与广东省委，特别是与红四军前委——毛泽东、朱德他们，互相之间的联络太不方便了。一份文件、情报传递起来，至少也得一两个月。这样不行，会误大事的。特别是军事情报往往错过一两天就会贻误战机，造成损失。因此，必须迅速建立电台，加强与苏区联系。这样才能加快‘血脉’的流速。你看，毛泽东12月底从福建上杭写来的报告，到昨天才送到。”周恩来。说着，将一份用草纸写的文件递了过去。

吴德峰接过文件，一看是红四军前委书记毛泽东向中央的报告，翻到最后，只见最后一段话这样写道：“九次大会是四军党的第一幕重要的历史，此会后的前委直到各支部、各指挥机关的领导路线就改变过来了，关于政治的争论都已成了过去，大家都在九次大会一贯的路线下进行工作。”

吴德峰看了报告落款的时间——“1929 年 12 月 30 日”，心里默算了一下，对周恩来点头道：“是啊，两个多月了，才送到中央。”周恩来接着说：“所以，蔡和森也提到了电台的问题。对了，中央前些天作出决定，派他去香港指导广东省委的工作，他离开上海之前同我见了面，要求在香港设立我们的电台。”

中国共产党拥有第一部电台是在 1929 年 10 月底，在上海的沪西大西路福康里 7 号（今延安西路 420 弄 9 号）一幢三层楼房内，由李强、张沈川等人历经近一年的艰辛，购买无线电器材安装制成，周恩来亲自编制了联络密码。这部电台功率虽然只有 50 瓦，但毕竟是有了自己的电台。

吴德峰接受周恩来的指示，心里默思了一阵，将初步的打算作出口头报告。周恩来点头说：“派黄尚英同志去，可以啊。要他们与香港交通站保持好联系。”10 多天后，曾在苏联伯力“共产国际远东局”学习无线电报务的共产党员黄尚英，同一位懂得收发报业务的朝鲜同志一起来到香港，在九龙弥尔道街租了一幢房子，采购齐电台配件，组装起一部电台，当日晚上与设在上海慕尔鸣路的中共中央电台接上了信号。

由于香港有很多的商用电台活动频繁，中共中央利用这一特殊情况，建立了与广东省委的电讯联系，还有发给赣南、闽西红四军的电报，亦由中共的香港地下交通站转交给地下交通员，由他们派人送往大埔，再转永定。这一过程一般需要将近10天，比过去从上海至香港的航运快捷了一个月时间。另外，中共广东省委向中央的报告、请示，也通过这部电台发送。1930年，黄尚英因病回上海医治，邱德被派往香港，接任黄尚英的工作。

时任中共华南交通站站长饶卫华的儿子饶潮生回忆说："父亲曾对我说，香港交通站主要是两个方面的作用，一个是交通站本身，一个是电台。中央有人去苏区，或是苏区有人到上海，首先通过电台联系，告诉对方，好有个准备。"

同年6月10日，中共广东省委的一名干部被敌人逮捕，熬不过酷刑，出卖了蔡和森。蔡被抓捕后，第二天就引渡到广州。所幸这个叛徒只知道省委有电台与中共中央保持联系，但不知道电台设在哪里。这样，秘密设在九龙弥尔道大街的电台也就安然无恙了。

有了电台，对朱毛红军真是如虎添翼。1930年10月下旬，中共中央通过赣西南特委的转传，终于将一份十万火急的军事情报传到了红一方面军总前委。

红一方面军总前委注意：

国民党南京政府任命赣省主席、第九路军总指挥鲁涤平为总司令，湘省政府主席何键为副总司令，第十八师师长张辉瓒为前敌总指挥，率7师10万之众向你们犯击，以"分兵合击"战术实行第一次"围剿"。

这份及时的中共中央电报，使红一方面军总前委提前获取了重要的军事信息，指示红军总部利用一切侦察途径，掌握国民党军队对中央苏区发动首次“围剿”的一切军事情报，以便制定应对的战略方针。

12 月，蒋介石调集 10 万大军，对中央苏区发动了第一次大规模“围剿”。

瑞金，红军总部。毛泽东、朱德等红军领导人根据国民党 10 万大军“长驱直入，分兵合击”的战术，制定的迎战方略是“诱敌深入”，把敌人引进根据地，利用有利地形，瞅准战机对敌军各个击破。令罗炳辉率第 35 师将国民党“围剿”军诱入苏区里来。毛泽东强调说：“在引敌途中，只许打败仗，不许打胜仗。”罗炳辉按照红军总部的要求，率领第 35 师，从江西省永丰县的藤田出发，向预定战区边打边“退”。为把引敌的任务完成好，他命令战士故意丢掉一些包袱、大刀、马灯、破枪、水壶、草鞋之类的东西，甚至将香喷喷的饭菜也丢在那里。“围剿”的国民党军看到红军退却的“狼狈”情景，便拼命追赶。

就这样，罗炳辉率领的队伍不断“撤退”，国民党的“围剿”军队拼命追，国民党第 18 师被顺利引到龙冈。随后，在朱德、毛泽东的统一指挥下，罗炳辉率部会同埋伏在附近山区的红军主力，于 30 日一举歼灭了第 18 师师部及所属第 52、53 旅。国民党 10 万大军对中央苏区的第一次“围剿”，竟以第 18 师两个旅的全军覆灭，总指挥张辉瓒成为红军阶下囚的惨败而告终。

红一方面军总前委书记毛泽东，闻得龙冈大捷的喜讯，很是兴奋，不禁触发诗兴，他稍作凝思，随口吟出一首《渔家傲》：

万木霜天红烂漫，

天兵怒气冲霄汉，
雾满龙冈千嶂暗，
齐声唤，
前头捉了张辉瓒。

二十万军重入赣，
风烟滚滚来天半，
唤起工农千百万，
同心干，
不周山下红旗乱。

当毛泽东眺望龙冈群峰兴奋吟词的时候，红军战士正在各处打扫战场。红四军的一个班在搜查张辉瓒的指挥部时，看到一个铁匣子里装着灯泡，还有一个“叽叽”尖叫的铁家伙，不识为何物的小战士抡起枪托，边骂边砸过去。幸好有人知道这是电台，制止了几个战士的乱砸，保住了一部收报机。

这台收报机很快送到了红军总部。毛泽东和朱德、陈毅等闻声而至。见这宝贝竟被砸成这个样子，大发雷霆：“简直就是败家子嘛，这么好的东西也敢砸，太不像话啦！”随即，毛泽东告诉总部参谋长朱云卿，以前总名义发出通报，要求“凡今后缴获一切无线电器材，一律不得破坏，对被俘之电务人员给予优待，量才留用”。

三天后，又传来捷报，红军在东韶国民党 50 师谭通源部缴获一部 15 瓦无线电台和 6 名电报人员。毛泽东大悦：“国民党给红军送来了无线电通信种子，这礼不轻哟。”

红军在中央苏区转战不停，毛泽东很是担心电台安全。他找来分管电台的政委问道：“电台最主要的器材是什么？”

“真空管”。

“转战时这宝贝由我亲自保管。”毛泽东看了真空管后，见是个易碎件，怕弄坏了可就难办。又问：“除真空管外还有什么最重要？”

“电键。”

“就把电键交我保管吧。”

位于上海慕尔鸣路（现茂名路）的上海党中央电台，是中央传送情报的唯一电台。从这里发出的电波传送到全国各地革命根据地和共产国际处。

1931 年 5 月，红一方面军在战斗中缴获了两部 100 瓦功率的电台。自此，“朱毛”红军便能同上海取得联系了。红军有了电台，再加上曾在国民党军政部军事交通技术学校学习无线电通讯的专家王诤，这位于 1930 年 12 月参加红军的红一方面军无线电台大队长，以他的渊博知识，对国民党的电文可一字不漏地迅速破译，往往国民党从电台发出的命令，倒是让红军先收到了。

红四军拥有了电台，加上打入国民党内部任中央组织部总务科机要秘书的钱壮飞、李克农、胡底等中共隐蔽战线上著名的“龙潭三杰”的情报搜集，使红军对敌人的行动了如指掌。然而，国民党却无法截获红军的电文。张治中在《国共两党之比较》一书中，就无线电台方面这么说道：“你（国民党）的命令发出后不到两小时，中共总部就全部知道。你所用的特务都是社会渣滓，共产党人所做的这项工作的都是党的优秀干部，忠诚党员，而且是足智多谋。”

中共中央和各苏区的红军，通过无线电台的巧妙使用，高效率地发挥其功能，凡由白区进入苏区的人员，可通过电台联系将人员的相关情况以及交接地点、入住旅馆、接头暗语等先行明确后，再由交通员护送入苏区，这样可以减少许多节外生枝的危险。

滴滴答答声中，无线电台工作者日日夜夜伴着朝阳与星辰，为党和人民默默奋战着。就像吴德峰在上海对周恩来所说的，中央与“中区”之间有了电台，使得这条“血脉”加快了流通的速度。

军长密探“华南线”

信息不通，苏区红军与中央的联系艰难，远离上海党中央的红一方面军总政委毛泽东甚是着急。深夜，他提笔向中央写信：“给中央的两个报告都没有收到，可以说中央对我们的情况一点也不了解，那时敌我力量对比，现在有了很大变化……脱离现在的情况，就会给部队造成大的损失，错过发展革命势力的绝好时机。信息、情报、中央的声音……这些对红军来说实在是太重要了。”

在中央红军第一次反“围剿”胜利后，毛泽东有了较充裕的时间思考中央苏区革命根据地的巩固、壮大问题。通过深入调查，毛泽东发现苏区干部奇缺，民众药品、食盐、火柴等物资贫乏的问题相当突出。于是思索着：打开一条通往上海的交通线，保持和党中央的密切联系，让苏区急需的干部、紧缺物资能够进来，才能保证根据地不断发展壮大。毛泽东一边踱步一边燃起一支烟，自言自语：“看来开辟这条交通线势在必行啰。”

毛泽东让警卫员去通知红一方面军总司令朱德、政治部主任陈毅到他的住所共商大计。一会儿，朱德、陈毅来到毛泽东那间不足6平方米的屋子。陈毅那浓重的四川腔笑呵呵地嚷开了：“这屋本来就小，烟雾还来占位置，加上你们这几个大块头，都放不下我了哦。”

“哈哈，那你就坐桌子吧！来来来，我们一块儿商量个事。”听了毛泽东将建立中央苏区与党中央的秘密交通线的想法后，朱德、陈毅一致认为此事宜早不宜迟，还提出关键是要选准人——这个人必须既能适应大都市活动，又有应付敌人封锁线检查的能力。于是，他们不约而同想到了卢肇西。

卢肇西，时任闽西红二十军军长兼一纵队司令，具有丰富的对敌斗争经验，机智勇敢且有华侨关系，又是闽西客家人，会讲客家方言，相对更容易对付红白交界区域的关卡检查。生于福建永定的卢肇西，曾在家乡从事农民运动。1927 年春加入中国共产党。

卢肇西接受任务后，第二天下午即带上张朝生由长汀匆匆出发前往永定方向。

不觉已过了金砂乡，很快将进入桃坑了。过了桃坑，便是敌人封锁区了。卢肇西让张朝生换装打扮成担行李的服侍人员，自己则化装成南洋归来的老板，准备通过封锁线。

这是一个静寂的早晨，树叶上闪耀着露珠，山风从那难于觉醒的山谷里送来泥土与植物的气息，树林里透着潮湿。下坡的山路又与前一晚的上坡不同，路上生了青苔，走在上面随时都有滑倒的危险。

雨还在下，崎岖的山路上杂草纵横。卢肇西穿的长衫不时被藤草缠住，他一手抓着长衫，一手撑着纸伞往前走。

“站住！干什么的？”在大埔青溪乡沙岗头的汀江岸边哨卡，两个持枪的国民党兵歪着脑袋叫嚷。

“到永定做生意，路上被土匪抢劫只好回汕头去。”

“打开包袱检查！”

“老总，你看仅剩几件破衣服了。”随从人员张朝生边打开行李边诉苦说。一旁的卢肇西掏出两包香烟塞给他们：“请多关照！”哨兵见没什么油水可捞，又是刚被土匪抢劫过的。“快滚！”心里喃喃地暗叫倒霉。

炎炎烈日下，卢肇西到了大埔县城的一家客栈。这是一座摇摇欲坠的楼房，木板松动、破损，遍是霉斑，漫长的走廊尽头是掉光了玻璃的大窗，踩上楼板，吱呀作响。迎面而来的南风潮湿，背后追来的北风寒冷，夹杂着外面垃圾糜烂的气息。卢肇西见此般状况，心想：苏区虽然艰苦，可房子再破也不至于到这个样子。

“老板，楼上请！”

“掌柜的在吗？”卢肇西问道。

“老板，有何吩咐，小的就是。”

“有套房吗？”

“对不起，只有单间。”

按事先约定的暗语，双方接上了头。掌柜——中共地下人员余清波随即把卢肇西带到二楼密室，将敌方设防情况、货船航行时间、码头检查等一一作了介绍。

刚一上船，卢肇西就被韩江两岸的风光所吸引。沿着韩江而上，江面微波荡漾，两岸是葳蕤的树林，远处水流的声音传送过来，不等听清，就和松涛一起，被山风吹到了另一边。迂回曲折的江水柔和如梦，山谷间不时传来樵夫空灵的回音。

到了汕头，繁忙的码头上，潮水声、叫卖声、轮船轰鸣声乱成嘈杂的一片。卢肇西正了正头上的礼帽，装成货物老板在码头边作了一番侦察，便匆忙到售票点了解航运信息。买好翌日的船票，两人在码头附近的一家旅馆住下，准备着第二天的行程。

卢肇西躺在舒适的床上，却久久不能入睡。他想着那真刀实枪、硝烟弥漫的战场，想着那些朝夕相处的熟悉战友，想着毛泽东那充满期待的眼光和叮嘱，想着这趟上海之行肩上的担子分量……

次日上午9时许，由汕头往香港的潮州轮鸣着刺耳的笛声起航了。经过6个多小时的航程，下午3点多钟，轮船驶达香港。两人没顾得上观赏香港的高楼大厦、繁华闹市，一下船便到售票处了解轮船班次、时间，随后买了两张到上海的英商太古轮船票。又经过两天的海上颠簸，卢肇西他们终于到达了上海。

外滩的座座高楼，宽大的马路，车流人往，令他们眼花缭乱。两人在一家小食店匆匆吃了点儿东西充饥后，便急忙赶往永安路党的联络点住地。几句暗语联络后，两人被热情地安置下来。

1930年6月26日上午，卢肇西被带到了上海小沙度路的一幢房子，房门推开，只见中央政治局常务委员兼军委书记周恩来起身来与他握手问候："卢肇西同志，一路辛苦了！"卢肇西迅速脱下礼帽："首长好！"警卫人员递上两杯热茶，放在桌边。

"周书记，毛泽东同志要我探摸一条中央革命根据地至上海党中央的交通线，经过20余天的沿途侦察，我将情况向您作个汇报。"卢肇西刚一坐定，就急促地说道。

"坐下，坐下，慢慢说。"周恩来招呼卢肇西坐下。

"沿途路线约3000里，分水路和陆路。水路从上海至香港、汕头、大埔的青溪，陆路由青溪至闽西、瑞金。水路有轮船、小木船，上船时有检查。陆路主要是大埔青溪的国民党封锁线，是白区与赤区的交界处，敌人在那布有正规军一个团的人马以及地方民团，一些主要路口设有岗哨，周边筑有碉堡，盘查较严格，过了封锁线要走一段崎岖山路，然后才能进入闽西永定境内。”卢肇西喝了一口水，又接着往下说：“途中人情风俗不太一样，汕头有钱的人、经商做生意的人、有海外关系的人较多，吃的比较讲究，穿着打扮较好。而赤白交界地大埔封锁线一带，老百姓都比较穷，土匪打劫的情况经常发生……”

周恩来边听边用笔仔细记下，待卢肇西讲完后，亲切地上前把茶杯递给卢肇西，说道：“肇西同志，建立党的交通线非常重要，中央向各根据地部署的工作经常无法传送出去，根据地的情况中央也不是很清楚。如果信息沟通不畅，中央的号令就无法及时到达各苏区、各红军部队，各苏区、各红军部队的行动也就无法步调一致，无法形成打击国民党的有力拳头……如此我们是要遭受很大损失的。”

周恩来说得有些激动起来，他端起茶杯喝了一口水继续说：“我看此事当即得办，必须建立全国交通网络，让党中央与各苏区之间消息畅通。”他边说边在本子上圈圈点点，并直起身子让卢肇西看他手中的本子。

卢肇西站起身看着周恩来圈点过的本子，上面有“华南线”三个大字，一条弯弯曲曲的红线旁边清楚地标注着：上海、香港、汕头、大埔、永定、瑞金等地名。

“肇西同志，你过来，我想在这些地方建立交通站，以便有个中转联络以及歇脚的地方，你觉得如何？”

“周书记，您想得真周到、细致，我还以为让交通员从瑞金直奔上海就完事了呢？”卢肇西无不感慨地说。

周恩来若有所思地应道：“这样可以一个站一个站地串联起来，由各个站点的同志接力完成传送任务。站与站之间以单线联系方式进行，以确保地下交通线的畅通。下一步还得搞个具体规定，以确保安全畅通。再一点，交通员人选问题须相当慎重、严格。要知道，保守秘密是最严厉的制度，是铁的纪律。这方面一旦出事，党的损失就大了。”

这条横越沪、港、汕三大城市，绵亘闽粤赣三省高山密林间的数千里长的交通线，要突破敌人的重重关卡，穿越赤白交界地区的层层封锁线，闯过军警的盘查和暗探的追踪，避开反动民团的袭击，严防叛徒的出卖和破坏……其难度可想而知。

回想着途中情景，卢肇西陷入沉思。但想到在毛泽东、周恩来的亲自筹划下，一条长达数千里的地下交通线就要建立起来，自己可以大显一番身手，还是不禁心潮澎湃……

中共中央同意了毛泽东建立交通线的意见，在瑞金设立工农通讯总社，各苏区都成立了工农通讯社，对内称“苏区交通站”，对外则称工农通讯社。

随后，中共中央政治局向各根据地下文，指出：红军中的采访与交通，绝不是技术问题，在今天变成了严重的问题。尤其是对敌人军队的一切行动，假使红军不能事先一一知道，那么在作战上特别是今天需要大规模的冲破敌人包围计划的作战上，将会遭受很大的不利……交通问题特别是苏区与敌人统治区域的来往，中央苏区与其他苏区的联系必须尽快将它们打通，这首先便需要在整个苏区与苏区附近的敌人统治的交通要道上完全建立起交通站。

此时，完成重要使命的卢肇西正站在上海至香港的轮船甲板上享受着海风的吹拂，心旷神怡。一旁的张朝生说："老板，别忘了，你答应过的，这笔生意做好后，到香港吃西餐开开洋荤的哟。"

"着啥急啊？在这让你开洋荤我可没那么多钱！还是等我们回到'家'后我再请你好好美餐一顿芋头煮南瓜吧。"

想到这一趟上海之行顺利完成了任务，地下交通线很快就要打通，打胜仗的机会就更多了，卢肇西的心中不由一阵美滋滋的。

7月中旬，卢肇西回到中央革命根据地，向毛泽东、朱德等人详细汇报了党中央对组建上海至中央苏区的交通线的意见，以及个人对沿途设站建点的一些想法。

毛泽东听完汇报高兴地站了起来，他点燃一支烟，左手叉腰，望着窗外远处连绵起伏的群山："肇西同志，你可立了大功哟，交通线的打通，意味着我们今后就可多打胜仗。交通线好比人身上的血脉，血脉通了，人就有精神，有活力。好呀，好得很哩！"

1930年11月，中共中央发出文件，要求各苏区尽快建立并建好交通线。"中央苏区与其他苏区的联系必须尽可能以最快速度打通，这首先需要在整个苏区附近的敌人统治的交通要道上完全建立起交通站来。要使苏区的交通网与我们在敌人统治区域的军事交通网能完全衔接起来。"

至1930年底，各苏区通往上海党中央的交通线全面打通。周恩来、邓颖超等300多名中共精英和诸多物资及重要文件就是通过这条交通线先后经汕头转移到中央苏区的。

交通局成立后，在党中央的正确指示下，从各省调来强有力的干部，集中在三个月的时间内，打通了通往中央苏区的交通线。1930年底，中央先是调南方局秘书长饶卫华到香港建立华南交通总站；后由交通局副局长陈刚通过黄玠然在上海中法药房的亲戚，到汕头市建立中法药房分号，作为交通局直属的一个重要交通站。1931年初，又派陈彭年、顾玉良、罗贵昆等到汕头市建立交通站。差不多同一时间，调广东省委发行科长李沛群到闽西任交通大站站长，调卢伟良担任大埔交通中站站长，调肖桂昌、曾昌明、熊志华等担任中央交通线专职交通员。这样，就形成了从上海经香港、汕头、大埔进入闽西苏区，长达数千里的红色交通线。由上海通往闽西赣南中央苏区的“华南线”便秘密开通了。

中央决定开辟这条交通线，是为了打破国民党反动派对苏区的反革命“围剿”和严密封锁。同时，也是基于如下几点优势的考虑：这条交通线以水路为主，迂回曲折，有利条件较多，特别是香港、汕头华洋杂处、百业并存，易于干部同志化装往来；潮汕地区发生革命较早，有国民革命两次东征，南昌起义军南下，群众基础较好，易于秘密隐蔽；而且在这个时期，由于军阀混战，反动派对于东江的戒备有所松懈。这些条件，对于秘密交通的开展十分有利，中央交通线利用这些有利条件，日夜不停地传递信件，护送干部、输送军事物资进入苏区。

“静安寺 11 号”

上海静安寺是个繁华地段，位于这条街上的 11 号房，是中共中央交通局所在地。交通局局长吴德峰在这里指挥着全国各条交通线的运转。

吴德峰，湖北省保康县直峰乡石磐岭人。1896 年 6 月出生在一户官宦之家。1909 年随父去武昌，在湖北官立两等小学堂读书。1911 年武昌起义爆发后，参加过学生军。1914 年考入湖北省第一师范学校。

1919 年冬，吴德峰被录用为湖北省长公署第一科机要股科员。这期间，经朋友介绍，他常去利群书社阅读《社会主义史》《共产主义 ABC》等进步书籍，并购回《武汉星期评论》等书刊提供他人阅读。他这种学习新文化、新思想的积极性，受到董必武、陈潭秋等人的赏识，于 1921 年推荐他担任了中共主办的湖北人民通讯社社长。1922 年，他兼任湖北第一师范附小校监，并当选为湖北省教育会执行委员兼义务教育股主任。1924 年 2 月，经董必武、陈潭秋介绍加入中国共产党。同年 9 月，在中共武汉地区第一次代表大会上当选为中共武汉地区委员会委员兼军委书记，并任湖北师范学会会长。按照组织的安排，他负责女师的学生运动工作，曾多次组织学生游行示威、散发传单、到教育厅请愿。

1927 年 8 月，为有效应对国民党蒋介石制造四一二反革命政变后的困难局面，中国共产党于 8 月 7 日在武汉召开紧急会议（八七会议），会议通过的《党的组织决议案》中就明确指出："中央临时政治局应建立全国秘密交通机关，与出版委员会的散布宣传品的工作相联络，担任传达通告指令输送宣传品等职务，并兼办探听反革命线索及其各种消息各地环境的特务工作。各省亦应有此等机关之组织，务使本党有一个全国的交通网。"9 月，党中央从武汉迁至上海后，明确交通工作归属中央外交科管理。

1930 年 7 月 2 日，中央军委书记周恩来把中央外交科科长吴德峰叫到跟前，语气凝重地说："军委考虑当前局势，决定建立交通总站，由你来负责，有什么困难和问题吗？"

"服从组织决定！请党中央放心，我一定会尽力去完成党交给的重任，决不辜负党对我的信任。只是，你得派几个得力助手给我。"

"交通员由你自己选定后，再由组织上调派。"

交通员的选定条件是极为苛刻的。当时，周恩来给吴德峰定了几条原则。第一，党龄要长，政治上坚定可靠；第二，要有丰富的对敌斗争经验，机警灵活，枪法要准；第三，身体要健壮，能够胜任长途跋涉。最后，周恩来还特别加上一条，要有一定文化，记忆力要强——为减少风险，当时许多文件、情报的传递是"无纸化"的，往往要求交通员将传送的文件全部背记下来。除此以外还不能说梦话，交通员住客栈，一旦说梦话，岂不就将机密泄露出去了。所以说，要寻找一个合格的交通员，其难度甚至超过选拔一个地方党委书记。

1930 年 7 月，中央军委交通总站正式成立。站长：吴德峰，交通员：谢辉、李杰。11 月，交通总站改为中央交通局，将中央外交科归并交通局直属中央政治局，吴德峰为局长，陈刚为副局长。后又将在广东的交通员李沛群和在武昌的区委干事肖桂昌调入中央交通局，调李杰回“亚洲星号”当海员。

吴德峰深知，及时把党中央的声音传下去，第一时间传递情报，对于革命的成功是多么重要。经请示周恩来同意后，他决定把全国交通网分为南方线、北方线、长江线，分别由肖桂昌、饶卫华、潘先甲负责。

南方线（华南线）由上海至香港、汕头、潮安、大埔、永定虎岗进入瑞金。北方线由上海至郑州、驻马店转入鄂豫皖苏区；上海至河南，与陕西省委联系；上海直达北平，与河北省委联系；上海与苏州联系。长江线是从上海经合肥、六安进入鄂豫皖苏区；上海乘轮船到武汉转粤汉铁路到株洲一带，进入湘赣苏区。向西的交通经重庆、成都，与四川省委联系。所有走南方线进入闽西苏区的，都是从上海坐船到香港，由香港派出交通员带着坐船到汕头后，改乘潮汕铁路火车到潮安后转搭潮安至大埔的电船，再转乘大埔开的小电船到青溪沙岗头，闽西交通员和武装护送队趁夜护送干部或物资进入永定苏区。

在白区，每个省委都有两名交通员，同中央交通局联系，白区的交通员除直接口头向上下级传达或汇报外，相互之间都不认识，属单线领导。当时党内有人建议安排三名交通员，上海、香港各一个，另一个在中途传递。时任中央秘书长的邓小平听后坚决反对，他说："不管有没有事，有没有文件送，三个交通员必须留在中央听候命令。"他认为只有这样，才能既便于集中使用力量，保证党中央的命令适时传发，又能最大限度减少风险。

吴德峰对各线的交通网络、人员配备安排妥当后，随即制定了《秘密工作条例》，明确规定：一是不允许发生任何"横向关系"；二是机关（同志们住所）所在地，只允许上级了解下级的，下级不允许了解上级的、隔级的和兄弟机关的；三是党内不该了解的人和事不问，不该看的文件不看，未经允许不得传布自己所了解的事；四是坚守岗位，不允许到群众斗争场合，不允许照相；五是写过的复写纸、印过的蜡纸和有机密文字的纸屑要及时烧掉。所有机密，必须坚决做到上不传父母、下不传儿女。

吴德峰在秘密交通工作中，极为重视交通员素质和能力的培养，言传身教，采用各种办法争取、团结一切可以为我所用的力量，包括革命的同情者、同路人，要善于与各个层面的人物打交道，甚至是国民党特务、帮派组织的成员、交际花等三教九流人物。他认为，在关键时候，各种各样的关系都有可能帮助地下工作的开展。

一个深秋的傍晚，吴德峰的夫人戚元德扮成阔太太，手持漂亮的黑色钱包从商行出来时被一小偷抢走钱包。其实钱包里除一枚银顶针和一些零钱外，就没有什么值钱的东西了。但考虑到上海这个大环境中各个角落都可能有暗探、特务，如不叫喊追赶小偷会引起怀疑，戚元德便一边大声叫喊抓小偷，一边朝小偷逃跑的方向追赶。果真，追赶没多远，旁边便窜出一个人拉着她问包里有多少钱。根据平时吴德峰传授的经验，戚元德马上敏锐地说出了与其装扮的身份相符的钱数。当天，吴德峰通过关系了解到那小偷因没有按戚元德虚报的钱数上交，因而遭到“老大”的一顿毒打。

对于女交通员在执行任务中，应如何应付流氓、地痞、小偷骚扰纠缠的问题，吴德峰给她们的“秘诀”是：要敢于逞强而不示弱，要善于搬出当地帮会的“名头”，或者高声叫嚷声称要拉他们到警察局、巡捕房去理论，这样往往会让对方知难而退，便于自己脱身。

在国民党的大本营搞地下工作，决不允许出半点差错，凡事都得慎之又慎。一不小心，共产党人的“标签”就会贴到自己的脑门上。

吴德峰的夫人戚元德从开封调到上海党中央从事地下工作后，吴德峰租了一套比较便宜的房子。谁知将行李和家具搬来时，房东非要他找到三个铺保才同意租给他。吴德峰问为什么，房东太太拉他去看了一间堆满了两套一样家具的房子，说这两套家具的主人都是通共匪的嫌疑犯，被抓去吃官司了。吴德峰心里一惊，说：“我马上去找三个铺保。”事后，他将此事详细报告中央，购置家具要与装扮身份相符合，不能千篇一律，避免给党组织造成不必要的麻烦。

为适应地下工作的需要，戚元德当时戴了一顶假发，房东太太生性猜疑，见她的发型好看，要戚元德梳给她看，说自己也想梳个好发型。戚元德灵机一动，当即对着镜子梳妆起来。这一举动，把假发的事给掩饰了过去。

从家具到假发这一系列的事情，使吴德峰看出房东太太的心有疑虑，为安全起见，他决定另租房屋，于是导演了一场短剧。

吴德峰安排一位地下党员以送电报的方式在家门前大喊家有急电，故意让房东听到，随后吴德峰夫妇当着房东的面拆开信封，半晌，戚元德按“导演”吴德峰所要求，假戏真做地大哭起来：“老太爷呀，老太爷，你为啥就这般忍心撇下我们不管就走了呢。”一旁的房东见戚元德哭得那般伤心，赶忙上前安慰，吴德峰见假戏演出已达目的，便收场说：“别太伤心，我们明天就回去守孝吧。”于是，就这样顺理成章地拍卖了家具，到法租界另租了一套房子。

1931 年三、四月间，王首道、周恩来、黄火青等先后分三批由上海乘船去武汉，预定通过设在汉口一码头后摆小摊的秘密交通点转往湖南株洲，进入革命根据地。就在周恩来、王首道已经从上海出发，黄火青乘坐的船就要起航时，吴德峰得知武汉出了叛徒，汉口一码头交通点遭到敌人的破坏。于是他当机立断，精确计算了周恩来他们三人行船的时间，立即派戚元德、肖桂昌和霍步青，分别到九江、南京和汉口码头上接回了王首道、周恩来、黄火青，及时消除了这一场眼看就要发生的危险。特别是 4 月 24 日晚，中共中央政治局候补委员、中央特科具体工作负责人顾顺章在武汉被捕叛变的重大事件发生后，吴德峰在周恩来的直接领导下，夜以继日地做了大量应急工作，保护了中共上海组织和中央有关负责同志的安全转移。正是基于他的努力，在当时白色恐怖异常严重的上海，秘密情报交通工作从未出现任何问题，而且能一次又一次地完成党组织交给的艰巨任务，同志们称他是无名英雄，应该说是当之无愧的。

在吴德峰担任局长的近三年时间里，中央交通局每年送往各地五六千份文件以及各类宣传品，还护送党的重要干部、重要物资等，从未出现过差错，为党和中国革命做出了非同寻常的贡献。

新中国成立前夕，吴德峰胞弟吴士悉畏罪潜逃到武汉吴德峰家，吴德峰亲自批复将胞弟押回保康伏法。后来，吴德峰历任武汉市委书记、市长、国务院第一办公室副主任、最高人民法院副院长等职，是党的七大、八大代表，全国第一届、第二届、第三届人民代表大会代表，全国政协第三届常务委员。平日里他生活朴素，反对奢侈，严于律己，一心为公。

第二章　布　桩

上海至瑞金，瑞金至上海，这条长达数千里的红色地下秘密交通线，蜿蜒曲折，犹如人体中的血脉，交错有致，由中枢神经的调度，维系着脉络的畅通。交通站的每一个点、站的布局，紧紧维护着上海至瑞金的全线通畅，并在每个点、站都设有几条备用线，以防范某站点出现叛徒而导致中途阻塞。

中央设立交通局，布置、管理全国各苏区严密的交通网，并下定最大决心，从各省调用强有力的干部担任交通员，其选调条件十分苛刻，因为这关系到整条交通线的畅通和安全，关系到革命胜利的保证。

交通局对外统称工农通讯社，对内则叫交通站，有的站还配有武装交通。在白区，每个站要有两名交通员，其他站则视敌情而定，交通站定有专项经费，并强调任何人不得动用或挪作他用。中共中央高度重视交通线，也是考虑到中央与苏区的信息沟通、干部的安全等各方面因素而定的。交通线的人员、线路、站、点的布设，由中共中央政治局常委、军委书记周恩来单独分管。

铜锣湾西海岸的一座小楼

铜锣湾位于香港东北处，依山傍海，航轮来往不断。西面海湾的一个僻静处，有一幢3层的小楼房，因对面是个停尸房，一般人都无心驻足恋看，使得它在繁忙的港湾里显得十分孤寂。

秋高气爽的9月，这座原先被人敬而远之的小楼却热闹起来，一位30岁出头、保镖打扮的高大青年，陪着一对气度不凡的年轻夫妇住了进来。

这家的主人叫李少石，女主人叫廖梦醒（新中国成立后任全国妇联联络部副部长），他们是8月才在上海经中共组织批准结婚。廖梦醒的父亲是国民党元老廖仲恺。那个30岁出头的高大青年是中共南方局的秘书长饶卫华（新中国成立后任广东省政协副主席）。他们三人担负着一项重要使命——在香港组建华南交通总站。由饶卫华担任华南交通总站的首任站长，李少石、廖梦醒为交通员。后来，李少石、王弼也先后担任过站长。

华南交通总站共开辟有四条线：一是由香港到广州，经南雄入江西；二是由香港至河内，经镇南关入广西至江西；三是由香港至海防再至十万大山；四是由上海至香港、汕头、大埔、青溪进入永定苏区至瑞金。肖桂昌、黄华、曾浪波、洪顺、卢伟良、王福田等一批对敌斗争经验丰富的优秀干部，先后被派遣到铜锣湾，担任华南交通总站的交通员。

当时，国民党与英帝国主义沆瀣一气，香港虽是英国殖民地，但毕竟不在国民党的直接控制之下，相对而言，更有利于我党地下交通工作的开展。因此，中共中央决定在这里设立一个交通站，取道香港，把党的重要干部、苏区所需物资由此入粤，再转送到苏区。

饶卫华、李少石、廖梦醒来到香港后，为熟悉地形，常常利用周末或节假日走街串巷摸清路况。

这天，饶卫华又安排李少石、廖梦醒到铜锣湾有名的“金碧酒楼”去踩点，以便日后在敌人眼皮底下设立接头联络点。

按照地下工作的规矩，在公共场所夫妻关系要尽量亲密、入时。一出门，打扮入时的李少石、廖梦醒便一路手挽着手，亲昵地依偎着边说边走。

到了“金碧酒楼”，在两位礼仪小姐的引领下，他们步入大堂。一盏足足有 3 米高的水晶灯甚是夺目耀眼，从没见过这种场面的李少石一时不禁有些分心走神了。从小就跟着父亲见过不少大世面的廖梦醒见状，当即捏了一把李少石的手腕，悄然使了个提醒眼神，李少石也立即感觉到了自己方才险些失态，赶紧正了正神，很快就恢复了绅士的风度，他们挽手走到接待台前询问相关情况。随后，又悠闲漫步在酒楼四周，把酒楼周边的情况仔细侦察了一番。两人像新婚小夫妇一样，形影不离地依偎在一起，生怕露出一丝马脚被特务发现。

没过几天，“金碧酒楼”便成了交通站的一个秘密联络场所。经广东进入苏区的人员，大都由香港华南交通总站转送。

饶卫华于1981年回忆说："1930年9月至12月，由香港转送到闽西苏区的干部大都是从党中央送来的。他们中有叶剑英、左权、萧劲光、傅钟、李俊杰（李卓然）、蔡树藩、徐特立、张爱萍、朱瑞、刘伯坚夫妇、顾作霖夫妇、李六如、贾拓夫等几十人。叶剑英是广州起义的领导人，认识他的人多，化装不好易被人发现，便只好改道汕头经澄海、转饶平入闽西。这条路偏僻，崎岖难行，但对叶剑英来说是较为安全的。另外一批是南方局选派的干部，这些人是参加过省港罢工或广州起义的同志，有邓发、陈慧清夫妇、黄甦、何端、卢永炽（卢德光）夫妇等人。还有一批是从东南亚各地参加斗争被捕后被驱逐出境，后在香港找到党组织的同志，如张昔龙、詹行祥、谢育才等人。"

当时，为便于掩护交通站开展工作，同时筹措经费购买中央苏区所需物资，周恩来亲自指导各交通站设立公司、商店。在香港的华南交通总站也成立了大新公司，源源不断地向苏区输送大批布匹、食盐、药品、纸张、电讯器材、印刷器材等。

廖梦醒除负责勤务外，主要负责抄写文件。1981年，她回忆说："我是专门抄写上海中央与苏区来往的文件。文件都放在我家里，我买了一架钢琴，文件就放在钢琴底下。从苏区来的文件，装的都是大袋子，用草纸写的，字很大；中央给苏区的文件是写在好一点的纸上，用很细的笔抄写的，有的是用针抄的，字很小，只有用放大镜才能看清楚。我的任务就是把苏区来的草纸写的文件，用很小的字抄在薄纸上，便于交通员携带。把上海来的文件抄在草纸上，带往苏区。"

由香港进入江西，原先是从南雄转入。这条交通线运行不久，于1930 年秋被敌人破坏而中断。这年冬，又开通了一条由香港经汕头转绕平黄岗，再转绕和埔苏区到闽西的线路。还有一条线是经汕头、潮安、松口、梅县、蕉岭、平远进入江西苏区。这几条线路都相继遭敌破坏。唯有 1930 年冬建立的一条从香港经汕头、大埔、青溪进入闽西的交通线得以幸免，这也是上海开通至中央苏区的第一条交通线。由于这条交通线的保密工作做得极为细致，各站之间都是单线联系，当上海通往其他苏区的交通线被破坏后，唯独这条交通线始终没有遭敌破坏，一直坚持到中央红军长征北上后才慢慢消失。

1934 年，任香港华南交通总站站长的李少石已调任中共江苏省委宣传部从事地下工作，这年夏天因叛徒告密被捕，其岳母何香凝闻悉，在病床上托柳亚子设法营救，终逃过死劫。抗战爆发后，李少石获得自由，后来担任周恩来的秘书，在毛泽东赴重庆谈判期间，李少石护送柳亚子回家后在返途中遇害。

事情的经过是这样的：李少石送柳亚子返回，司机熊国华因另有任务，故车速较快。车抵红岩嘴六号门前附近，恰逢一批国民党新兵在路边休息。疾驰的汽车不慎撞伤了一名新兵，那批新兵连忙叫停车。但熊国华并未听见，因而汽车仍在向前开。于是一新兵班长当即举起枪向汽车射击，子弹穿过汽车工具箱从李少石的后背穿入肺部。熊国华听到枪声发现李少石受伤，立即加速把李送到市民医院，事后怕责任重大不敢直接向办事处领导报告，直接将车子开回曾家岩后便消失了。

事发时，毛泽东、周恩来等中共领导人正在出席张治中为欢送毛泽东举行的盛大晚宴。突然，十八集团军驻渝办事处的同志向周恩来紧急报告了李少石遇难的消息。周恩来十分震惊，但为了避免惊动毛泽东，他悄然离开会场，在办事处处长钱之光的陪同下，找到宪兵司令提出质问和抗议，要求他立即彻查真相。随后，他们又一同前往市民医院看望遇难者家属。

因当时并不了解李少石遇难的细节和性质，周恩来极为担心毛泽东的安全。从市民医院返回宴会现场后，周恩来对宪兵司令张镇说："请你一定要确保毛主席的安全，晚会结束后，毛主席坐你的车，你亲自护送到红岩八路军办事处。"

李少石突然遇难，不但中共震惊，国民党方面也非常紧张。因事发于国共谈判尚未签字、毛泽东即将离渝的敏感时刻。另外，李少石又有何香凝女婿的特殊身份。中共起初怀疑这是有预谋的政治暗杀，并在次日的《新华日报》上以《十八集团军驻渝办事处秘书李少石突遭暗杀》为题报道了此事。为此，国民党方面在中共的强烈要求下，同时为证明自己的清白，决定立即彻查。经一个昼夜的调查，案情也基本清晰。

周恩来立即指示《新华日报》于次日发表钱之光处长的谈话，称："这是一个非常悲痛的偶然事件。"谈话还详细说明了事实经过，并表示愿意负责受伤士兵的医疗费用，如因重伤去世，愿负责殓葬与抚恤。中共在处理李少石事件中实事求是的态度，赢得了社会各界广泛认同。

得知李少石之死纯属偶然事件，且是因一个不经意的细节所致，柳亚子不禁感慨万千，这种疏忽的代价实在太大了。悲愤之余，柳亚子含泪赋诗一首《诗翁行 · 哭李少石》：

诗翁于我尊行辈，午夜抄诗意良厚。
伴我归车毒弹飞，伯仁由我终身负。
诗谶头颅一掷轻，诗翁名字千秋寿。
欲哭休嫌近妇人，寝门一恸凭几牖。
剪纸难招鹏鸟魂，题诗疑作鲸鱼吼。

毛泽东在重庆为李少石题词，周恩来为安慰李少石之妻廖梦醒也题了词。

担任首任站长的饶卫华于1931年9月在上海被内奸出卖被捕，关押在南京中央军人监狱，被判处无期徒刑。后面接替饶卫华岗位的肖桂昌，也于1933年在上海被捕判处无期徒刑。他们一起服苦役，相互鼓励，坚信革命必将胜利。抗战爆发后，他们获得自由，又并肩战斗在地下工作战线上。

“两陈”下汕头

深夜，上海法租界内的一处住所里，时任中共中央军委书记的周恩来坐在沙发上沉思着：“白色恐怖日见凶猛，党的中央机关在上海的处境将会越来越危险。而朱德、毛泽东所率的红四军开辟的中央革命根据地正日益扩大，中国革命以农村包围城市的战略是行得通的。看来中央机关以后还得到中央苏区去开展工作，为留一条后路，当然得有一条绝密的安全通道，以保证党的重要领导人转移时的安全。”随即他拨通了中央交通局局长吴德峰的电话，要他马上前来商谈要事。

“上海至香港、大埔、闽西苏区和瑞金的交通线已经在开辟中，各站人员都到位了。我想除此之外，应在汕头另设一个交通站，由中央直接派员去完成任务。有党内重要领导人到苏区时需由中央审定批准才允许启用，平常则负责提供苏区紧缺物资的采购、转送等任务。此事只许我们知道，你琢磨琢磨，以什么方式做掩护，派谁去较合适。”周恩来极为严肃地对吴德峰说。

“待我思考一下，明天上午向您汇报行吗？”吴德峰答。

香港至汕头 320 多海里，上岸后即可乘轻便火车到潮安，再乘船到大埔，从这里进入闽西苏区就比较快了。早在大革命时期，周恩来曾两次率军东征到汕头，八一南昌起义后，又率部在汕头建立了七天的革命政权，对汕头的情况较为了解。

经过一个晚上的思考，吴德峰翌日上午又与中央交通局副局长陈刚商议，准备让中央外交科秘书黄玠然去找上海中法药房经理，通过他们表姨夫的亲戚关系，在汕头开个中法药行分号，一可作掩护，二可为苏区提供急需药品，一举两得。落实情况后，吴德峰匆忙赶到周恩来住处汇报了情况。两天后，即 1930 年 10 月 5 日，黄玠然的亲戚同意在汕头开设分号，中央当日便决定由陈刚负责筹办。

陈刚，原名刘家镇，号作抚，1906 年 11 月出生，四川富顺县赵化镇土主庙陶家堰人。他幼年就读于富顺南区屏峰山九云寨小学，毕业后入富顺县立中学读书，1923 年秋转学成都叙属中学。在成都期间，他如饥似渴地阅读《新青年》等进步书刊，听了吴玉章等人的讲演，在思想上受到革命的启蒙教育。他积极参加罢课、示威游行、反对帝国主义和军阀的斗争。后来，他在向友人谈起这段经历时曾说："在成都读过不少书刊，对于《新青年》和创造社的书刊，非常爱读，有时看书还熬通宵。"转学成都，这是陈刚思想转变、倾向革命的一个重要转折点。

1924 年，陈刚中学毕业，当了一年小学教师。由于不满家庭包办婚姻，于 1925 年毅然离开封建家庭，与易光祀一同到北平考入中国大学。当时正值国共合作时期，革命形势发展很快。在风起云涌的反帝反封建爱国运动热潮中，陈刚经受了锻炼，开阔了眼界，接受了革命思想。1927 年 1 月，经徐建栋、孙其罗介绍加入中国共产党。

1930年春，陈刚奉命到汕头建立通往中央苏区的绝密交通站。他欲利用同事黄玠然有个亲戚在上海中法药行当经理的关系，到汕头开个分号。陈刚等人来到汕头，四下寻觅一番后，来到镇邦街97号门前进行全方位视察，认为此地开个中法药房分号非常合适，前面是海且离港口近，后面是居民区，再后面是山，利于疏散、隐蔽，又是人口较密集的地方。于是，报经中央批准后，陈刚在汕头市镇邦街97号租下了这栋三层小楼，规模搞得很大，像模像样地开张营业。从此，中央苏区所需药品，源源不断地从香港、上海、汕头等地输入。

汕头是江河海港相接的地方，是闽粤赣的商业集散地，也是海内外人员出入的重要口岸，这里水路、陆路交通方便，每天都有轮船通航。国民党在粤东的大本营亦设在这里。在潮汕平原，军阀与地方反动势力相互勾结，各霸一方，自称司令的就有13人，他们政出多门，互不统属，抢劫掠夺，百姓民不聊生，当地贫苦民众称之为“十三司令乱潮汕”。

这家中法药房分号开张后，由于经营有方、服务周到，深受民众的喜欢，价钱也比其他商家便宜，回头客很多，规模也越办越大，这就为苏区药品的供应提供了一定的保证。由中央交通局直属的汕头交通站就这样神不知鬼不觉地建立起来了。

1930年8月，陈刚被中央委派为提款委员，以中央特派员的名义，到各苏区执行提款任务，这是个担风险的艰巨工作。这年冬天，陈刚到江西苏区提款，把江西上交的千余两黄金首饰熔化成金条，装在细条布袋内，与交通员各自贴身捆扎，外罩棉袍，他们爬山涉水，风餐露宿，日夜兼程，送往中央。途经赣西富田时，碰上了富田事变。

陈刚化名易尔士，住在红二十军军部。12 月 12 日，二十军一四七团政委刘敌率第一营包围了军部，陈刚与二十军军长刘铁超同时被扣押。大会上，不明真相的群众高呼口号，反对总前委，陈刚虽被捆绑，却勇敢地站出来说："我是中央巡视员、中央提款委员，你们无权扣留我，把全部黄金还我带回中央，你们不要受欺骗，有什么问题等待中央解决。"

于是，有人动摇了，全场气氛发生了变化。江西省行委党委段良弼等只得将陈刚解缚，送到省行委暂住，并向陈刚汇报了富田事变的经过，段说："我们不反对党，不反对中央，也不反对总前委，我们是反对肃反中屠杀我们自己的同志。"陈刚要段良弼等人做到三点：第一，无条件恢复他和刘铁超的自由；第二，停止一切叛乱活动，同他和刘铁超一道去总前委解决；第三，把他带来的黄金还他，还要将省苏维埃应上交的黄金与现钞全部交他带去前委转中央。段良弼等同意了这三点，当晚把陈刚和刘铁超送走。肩负重任、腰缠千金的陈刚不敢久留，机警地穿越敌人的重重封锁线，历尽艰辛，将千两黄金安全送到了上海，并向党中央汇报了富田事变的真实情况。

1931 年 5 月，陈刚被调到中央交通局工作，负责国际国内的情报和交通联络。同年 10 月，河南省委派交通员李子健到上海，陈刚得到通知后，立即安排好联络接待的准备。李子健到达上海的当天，接头地点其昌旅馆却出了事，旅馆内外都有特务监视，要有铺保才能住宿。李子健无法住店心急如焚，接头时间只剩下两天了，只好先找一家小店住下，再揣着接头用的瓷水牛到其昌旅馆附近去观察。当李子健为联络不上而焦急万分的时候，陈刚则早已得知其昌旅馆出了事，他及时布置了两位同志在旅馆附近等候。李子健在其昌旅馆附近转悠时，突然急中生智摸出瓷水牛在街上叫卖起来，被陈刚派去的小王发现，通过联络暗语接上了关系，此后李子健便留在了上海交通局工作。

1932 年 2 月，陈刚和何叔衡的女儿何实山在上海结婚。何实山在上海也是一个机警的交通员，参与南线发送文件和经费的工作。陈刚对何实山要求很严格，按交通员工作纪律，除工作外不能随便上街，更不能串门访友。何实山负责保管交通经费，陈刚要求她将账目一月结一次，决不允许发生差错。

在工作上，陈刚对交通员们的要求十分严格，如果有人违反了纪律，他是绝不会放过的。1933 年 8 月，满洲派来的交通员迟走了两天，陈刚知道后立即追查，了解到是负责北线交通的同志要求不严，允许他迟走两天。于是立即找到负责北线的交通员李子健，严厉指出："东北抗日联军在同日寇生死搏斗，处在紧急关头，满洲省委派出交通员来请示，准备发动罢工斗争来支援。传达中央指示，你竟马马虎虎，随便同意交通员迟走。这是贻误军机的大事，简直是对革命的犯罪！"陈刚的严厉批评，使李子健深刻认识到纪律对于地下交通员的极端重要性，不由落下懊悔的眼泪。这时，陈刚又用缓和的口气说："好了，别哭鼻子了，有缺点改了就是，我也有问题，对你帮助不够。"接着，又仔细讲了纪律和时间的重要性，令李子健心服口服。

交通局的同志在陈刚的领导下，长期与敌人斗智周旋，多次化险为夷。1933 年 3 月中旬的一天早上，陈刚身揣有关反日救国、抗捐抗税、准备配合反"围剿"发动年关斗争等党的重要机密文件到各联络点分发。当他走到小沙渡路口，突然发现前面闹哄哄的，见许多警察特务正在抓人，急忙闪进一条弄堂，不料迎面走来两个便衣警察拉住行人搜身。这时退避已经来不及了，机密文件岂能落入敌手，在这千钧一发的危急时刻，陈刚面不改色，摆出一副有身份的绅士派头，朝着警察走去，当警察用枪对准他要搜身时，他瞪眼怒斥："干什么！"便大摇大摆地走了过去。后来同志们得知他街头遇险、临危不惧、威镇警察的事，都惊叹不已，称赞他具有猝然临之而不惊的"大勇"。

1934 年 3 月底，要由上海向中央苏区转运一批珍贵的药品和医疗器材，这可是敌人严防运往苏区的物资。陈刚做了精心安排，亲自参与包装。他对同志们说："这批物资是中央苏区急需的药品和医疗器材，而敌人严禁运出，我们就是要冲破这个封锁，同志们要特别小心，坚决完成任务。"当四大箱货物在十六铺码头托运时，有两个既有特殊检查监视任务、又专门找旅客敲竹杠的流氓拦住货物声称要检查。眼看运往苏区的医疗器械就要暴露，交通员小黄正难于应付，忽然，一辆黄包车快速赶到，从车上下来一位帮会大佬般的人物，他身穿藏青华达呢大衣，头戴灰色礼帽，架着金丝眼镜，手执手杖，夹着公文皮包。此人正是中央交通局局长陈刚，就这样威风凛凛地出现在面前。小黄喜在心里，赶紧机灵地迎上去说："这些小事何必您老人家亲自来照应。"边讲边弯腰让坐。陈刚绷着脸大大咧咧地坐下，随手把帽子仰放在桌上，严厉地问："为什么还不上船？"小黄连忙后退一步说："这个……"陈刚假意大声怒斥道："这个什么嘛！我在'社'里早知道有人找麻烦，抄我的靶子，真是岂有此理！也不打听打听爷们儿我是干啥的！"边说边解开上襟一个纽扣，两个暗探一见陈刚这气派早已心虚，连忙点头哈腰赔不是。陈刚又摸出一纸“公文”往桌上一拍，指着货物：“要拿你们就一起拿去吧。”两个流氓吓得看都不敢往桌上看，连忙说：“不敢，不敢。”匆匆退后溜走，于是这批珍贵的药品和医疗器材便顺利地上船了。

1935年6月，共产国际第七次代表大会在苏联莫斯科召开，陈刚作为中共方面的代表出席了这次大会。会后，中央将他留在莫斯科列宁学院学习，作为党的高级干部重点培养。

1937年7月，抗战爆发后，陈刚受共产国际委派到延安。几天后，毛泽东、朱德亲自接见了他，同时委以重任，要他到新疆乌鲁木齐接一批物资运到延安。历经40多天的艰辛历程，陈刚将这批边区急需的物资完好无损地接回延安。毛泽东夸他说：“陈刚同志是个好同志。”

不久，陈刚当选为中共七大代表。代表资格审查表中组织鉴定一栏中这样写道：“陈刚同志在敌人狱中、刑堂上，坚贞不屈，在长期的白区工作中，在最秘密、最困难、最危险的环境中出色地完成了党的任务。”

1945年10月，陈刚根据党中央在抗日战争结束后制定的“向北发展，向南防御”的战略方针，率领延安枣园的中央机关干部百余人，奔赴东北，以加强争夺东北战略基地的力量。1946年6月到达东北后，他一再要求下基层，经组织同意被派到合江省的依（兰）勃（利）桦（南）地区任中心县委副书记兼桦南县委书记。

1949年，陈刚调中央社会部任副部长。获知党中央要调一批干部解放大西南，陈刚又主动要求冲上第一线，组织上任命他为川南区委委员兼内江地委书记。新中国成立后，任中共四川省委城市工委副书记、省委书记，中央西南局书记，中央监察委员会委员。1966 年 6 月 7 日逝世。

汕头交通站在陈刚的认真筹备下，于 1930 年 10 月 5 日成立。这个交通站以汕头中法药行分号身份对外营业，生意红火地经营了约两个月，得到中央交通局吴德峰局长的高度认可。

随着白色恐怖的日趋恶劣，上海党中央的处境危险也在不断加大，党内不时有一些叛徒、内奸出现。中央的处境、党的地下工作随时会发生各种意外，谨慎细心的周恩来面对当时的局势变化，认为应留有必要的退路，力争做到万无一失。

一天晚饭后，周恩来叫来吴德峰。“德峰啊，当前局势令人担忧，上海的敌人如此猖獗，给我们的工作带来诸多不利，我们应做好两手准备。汕头虽然两个月前建立了直属交通站，但万一有人叛变，我们的路就被卡住啦，所以我想再开设一个绝密交通站，由中央直管。今后要有中央委员或相同级别的干部才可启用。你考虑一下人选和场所方面的问题。”

吴德峰思考了几分钟后说：“我的意见是结合苏区物资紧缺的情况设立交通站，因急需一大批电器材料，如手电筒、无线电器材等，开个电器材料行。人手方面，我认为陈彭年最合适。”

接着，吴德峰把陈彭年的情况简单介绍了一番：陈系山东人，幼年随父逃荒到南京下关以撑船为生。1921 年陈彭年到法国马赛工厂做工。俄国十月革命爆发后，加入中国共产主义青年团旅欧地方团，不久加入中国共产党旅欧支部，投身于反帝国主义的斗争之中。1924 年加入中国共产党。自 1926 年开始从事地下工作，深谙黑社会的语言和活动方式。回国后一直在上海党中央做特科工作。

周恩来一边认真听，一边用笔记下要点，明确了由陈彭年到汕头任绝密交通站站长后，他对吴德峰说："行，你要尽快把汕头的绝密交通站建立起来。"

1931 年 1 月中旬，临近年关的一天。头戴礼帽、身着长袍、手执文明棍的陈彭年与顾玉良、罗贵昆从上海乘船到汕头准备经营电器材料行。

顾玉良原名顾建业，于 1927 年参加中国共产党。入党不久担任党内交通工作，1929 年 7 月任中央内交科长并驻中央常委办公室机关。在党的六届三中全会（1930 年 9 月）后，停止了原来的工作。

罗贵昆，广东梅县人，懂潮汕话，在汕头有良好的社会关系，机灵能干。

陈、顾、罗三人到汕头之时，天气乍暖还寒，还需穿夹袄夹袍。由罗贵昆带领，他们住进了一家由客家人开的南京旅社，因这里有罗贵昆的亲戚和朋友。住了半个月后，利用罗贵昆的社会关系，他们在南京旅社附近租到了一座楼房（即海平路 98 号）。房子有三层，临马路，但没有铺面，从房子到海边码头隔着一条马路。有了房子，三个人开始张罗开铺的事情。根据客观情况与实际需要，他们确定建立一家专营批发代销、不搞零售的电料公司，随后制作了"华富电料公司"的铜招牌，挂在大门墙壁上。并置办了一些必用的家具，把底层布置为经理卧室和仓库，二楼的大部分布置成洽谈买卖的办事处，另一部分作为顾玉良和罗贵昆的卧室，三楼作厨房、餐厅、杂物存放处和服务员卧室。对外称陈彭年为经理，顾玉良为会计，罗贵昆为职员，负责联络交际工作。按汕头本地惯例，他们还雇用了一位不到20岁的青年，为公司烧水做饭及做杂事，这位小青年汕头人都管他叫“小公司”。虽未举行成立仪式，但“华富电料公司”毕竟公开成立，也自然而然得到社会的承认了。于是，中共中央在汕头成立的另一个绝密交通站宣告成立。

陈彭年、顾玉良、罗贵昆在汕头市区站稳脚跟后，便向中央报告情况，请求下一步工作指示。不久，中央通知他们三人要和东江（或韩江）特委取得联系，同时也指示东江特委帮助他们开展工作。东江特委先派交通员到南京旅社与罗贵昆和顾玉良取得联系，然后由交通员带领顾玉良去找东江特委接洽。当时东江特委的负责人不住在汕头市区，而是住在南澳县。顾玉良在带路同志的带领下先到海山去找，未果。后交通员把顾玉良介绍给当地党组织，并安排他住在一个学校里，然后就离开了。

顾玉良在海山住了好几天，待带路的同志回来说，东江特委的负责同志马上要见他。于是一道渡海到南澳山村里，见到了东江特委书记，双方见面格外亲切。东江特委的负责同志是位高个子，清瘦有神，因为形势较为紧张，他就把手枪放在桌面上，随时准备战斗。在互相握手问候之后，顾玉良介绍了他们三人的一些情况，要求把从上海到汕头来的人员和物资转送到苏区。这位负责人答应了顾玉良的要求，并规定了以后的联系地点、暗号。从这以后，由上海来的同志和物资，经过交通站的联系之后，都由东江特委的交通员护送到苏区。

这一年的4月和6月，中共在上海的中央特科负责人顾顺章和党的负责人向忠发先后叛变，党的许多干部急需转移，汕头绝密交通站发挥了至关重要的作用，接送了一批又一批党的高级干部进入苏区，组织运送了包括药品、无线电、蓄电池等在内的苏区紧缺物资。

时任汕头交通站交通员的顾玉良曾在20世纪80年代回忆说：“华富电料公司是中共中央创办的一家公司，主要以采购苏区紧缺物资为目的，利用公司的名义对外做掩护，经营方式是批发不零售，价格也提得比相应的货要高出许多，导致许多顾客望而生畏。有意不外卖，这是保障苏区物资供给的一个绝招。”

周恩来煞费苦心部署的这个汕头绝密交通站，后来在关键时刻发挥了巨大作用。1931年4月，时任中共政治局候补委员、中央特科主要负责人的顾顺章叛变，因他知道“汕头中法药行”的机密，这个绝密交通站自然很快就停止使用。而“华富电料公司”是顾顺章不知道的，因此得以正常运转。周恩来的“先知先觉”确实令人佩服。

汕头“华富电料公司”这个绝密交通站先后护送过董必武、谢觉哉、林伯渠、李六如、何叔衡、刘伯承、聂荣臻、祝志澄、王盛荣、欧阳钦、戚元德、陈彭年、吴芝圃、钱之光、毛泽民、钱希均、阮啸仙、吴亮平、杨尚昆、蔡畅、周恩来、邓颖超、陆定一、邓小平、刘少奇、张闻天、李维汉、萧劲光、张爱萍、李克农、李德等人。当时护送干部住的旅馆都是富林旅社。

一年后，陈彭年进入中央苏区，担任中央苏区国家保卫局交通科长，参加了举世闻名的二万五千里长征，红军浩浩荡荡进入了茫茫草地。1935年9月，在过沼泽地时，陈彭年不幸陷入烂泥潭，时年仅38岁。

“同天饭店”和它的阔老板

风光秀丽、繁华富裕的广东大埔始建于东晋。湍急的汀江流经至此后江面豁然变宽，水流变缓，被称为“得大埔可进闽赣，失大埔潮汕不可恃”，因此素为兵家必争之地。茶阳（现茶阳镇）是大埔县城所在地，地处红白区交界地带，当时属闽西管辖。

1930 年秋，中共永定县委书记肖向荣了解到：由香港、汕头运往苏区的货物要先用小船运至大埔，再由大埔转送到青溪，路程有 30 多里，转运起来颇费周折，易生意外。于是，他考虑在茶阳设立一个中转站，这一想法得到了中央同意。于是肖向荣亲自将五两黄金交给茶阳的一名小学教师、共产党员孙世阶，让他尽快在茶阳设立一个秘密交通联络点。

接受任务后，孙世阶经过一番实地考察，看中现位于大埔茶阳人民路 4 号的一小块开阔地。这里虽说是当地的一个闹市口，车水马龙，人声鼎沸，却依山傍水，三面环山，一面朝水，可谓闹中取静，进退有道。

很快，孙世阶用肖向荣给他的黄金着手买地建楼，开了一家较上档次的饭店，取名“同天饭店”，意为与天一样长长久久。大门口的对联也是孙世阶自己拟写的，上联是“同路同屋共吃一锅饭”，下联是“天恩天福同饮一江水”，横批“同天饭店”。同天饭店处在两条街的丁字路口上，在楼上可将街上的来往人员看得一清二楚。一楼卖熟食，楼上是旅馆，二楼靠山处设有后门，门后有一大木板，遇有紧急情况时，放下木板就可直接转移上山。

从此，同天饭店如同一个楔子，巧妙地插在敌人重兵把守的大埔县城所在地——茶阳。

开张那天，饭店门口高悬的大红灯笼、漆金的大幅对联，显得很是耀眼。为日后各方面有个照应，孙世阶借机请来了县城里的各路头面人物，在那些国民党当地驻军大小头目、民团团总及县城政要酒足饭饱之余，孙世阶还依来客“分量”给塞了红包，显得很是阔气豪爽。

同天饭店开张不久，便有“要客”前来。一天傍晚，交通员进来通报说：“晚上有客人路过。”

夜幕降临，孙世阶与交通员安排好木船，在岸边等待从汕头来的电船。随着一阵突突声，船徐徐驶近码头。“做好准备，接客上船。”孙世阶交代交通员一番注意事项后，即刻一条挂有竹帽的船便从岸边朝对岸划去。电船一停靠在码头，小船便紧紧地贴近电船，一眨眼工夫，电船上的客人在交通员的掩护下安全进入船舱。艄公将竹帽取下撑杆朝电船边一点，小船便向青溪方向疾然驶去。

到了青溪，方知这次护送的是从苏联学习回国的李卓然同志。他到了苏区后，先后任中央革命军事委员会直属队总支书记、毛泽东办公室主任、苏区中央局代秘书长。

数天后，大埔地方民团团总廖奋卿邀请了驻军团座商民新到同天饭店。孙世阶老远就迎上前去，拱手道："各位老总，多日不见了！今一定有什么大好事，来来来，里面请，里面请！"

看着这两个当地的"枪舵子"来此聚会，孙世阶不由多了几分留神。于是装作一副热心样，拎着酒壶殷勤地往他们桌边凑。

几巡酒下肚后，敌驻军团长压低嗓门对民团老总廖奋卿说："近来共产党活动频繁，你们民团可要多多发挥作用！你们布下的那些耳目要给我盯紧些。那个陈奴近来有何新消息吗？"

恰逢孙世阶又过来倒酒，隐约听到"陈奴"二字，立刻警觉起来。陈奴是青溪小学的教师，早年参加革命，写得一手好字，当地农民暴动时，那些标语口号大部分就是出自他的手。难道他叛变投敌了？这一念头在孙世阶脑海迅急闪现……但他还是很快稳住神，若无其事地提着酒壶，鞍前马后地服侍着这一行人。

他们走后，孙世阶迅速将情况报告了党组织，经查验，陈奴被捕后果然是当了叛徒。中共内部锄奸队经过一番盯梢，摸清陈奴的活动规律，在一天夜里除掉陈奴，消除了一个大隐患。

孙世阶经营的同天饭店地段好，档次上乘，又经常有当地的一些头面人物光临，招来了不少生意，整天人来人往、热闹非凡。到了晚上生意更是红火，渔民、市民、官僚、警察、民团、地痞都会聚集到饭店饮酒聊天。八面玲珑的孙世阶左右相顾，耳听八方，获得了许多有价值的情报。另外，他还利用饭店进货的机会，巧妙购买了一批苏区急需的物资，并设法转运过去。

1933 年，由于同天饭店过于红火，招来一些同行的嫉妒，有人举报孙世阶私通共产党，暗中为苏区输送物资。孙世阶被捕后，敌人对他严刑拷打。但孙世阶咬牙撑了下来，说他所有的货都是饭店所需。中共大埔地方党组织获悉后先后四次派人营救，其家人也变卖家产，去打点那些经常到饭店揩油的一些当地政要，请他们出面周旋。三个多月后，终因敌人手中没有真凭实据，加之一些头面人物出面说话，孙世阶得以保释出狱。

孙世阶出狱后，饭店是开不成了。于是他回到茶阳，继续以“捕鱼”“行医”等方式，活跃在地下交通线上。1935 年 12 月 12 日，因叛徒出卖，孙世阶在执行任务中被捕。敌人恼羞成怒，酷刑施尽，孙世阶仍然守口如瓶。1936 年 2 月 9 日，寒风夹着雪花，敌人将孙世阶五花大绑押到刑场——神泉街口附近的大沙坝，几颗罪恶的子弹击中孙世阶胸膛，一个忠诚的共产党员就这样永远安息在这片红土地上。

汀江岸边的“永丰客栈”

永丰客栈是大埔交通站的秘密联络点，交通站设在大埔县青溪乡的余氏宗祠里。这个秘密交通站由闽西特委管辖，人员和经费均由闽西特委负责。永丰客栈是一栋有 50 多平方米的二层砖木结构建筑，门朝汀江河面，有个一米见方的窗台，从窗口眺望，北来南去的汀江水滔滔奔流，河对岸古树苍翠，河边常有小船停靠在渡口。

从大埔县城所在地茶阳出发，越过一座高山，穿过一片树林，再走 40 多华里路程，眼前便出现一个小小的盆地，自北而南的汀江悠悠地流淌而过，汇入韩江后奔往南海。江边上依山而建的一幢幢房屋，虽是茅草、瓦片的小平房，但三面环山一面朝水，倒是显得秀丽雅静。这里叫青溪，是大埔县的一个乡，有百来户人家。

青溪是上海至中央苏区秘密交通线的门户，是交通线的水陆交通枢纽，从韩江逆流而上到这里转走陆路，朝东北方向长治乡的多宝坑、铁坑、上伯公凹便能进入闽西永定苏区范围内的下伯公凹、桃坑。因青溪位于赤白交界处，国民党在此布有正规军一个团的兵力，重兵把守，在通往苏区的要道口设有多道封锁，筑有多座碉堡，再加上地方土豪劣绅、民团，以及特务、叛徒的四下活动，这里的形势十分险恶。青溪的秘密交通站被称为虎口交通站。

从青溪的地理位置和交通等方面来看，水路两岸层山叠嶂，陆路大山险峻，森林密布。这个赤白交界之地确实非常重要，国民党派重兵严密把守，封锁白区与苏区的来往，无疑给中央苏区军民造成了极大的困难。

青溪到大埔县城茶阳有30里水路，从潮州到大埔的电船停靠在排头坝。为方便安全地接送党的干部和向苏区输送物资，青溪交通站常备有小船接送，提前联系好要接送人员或物资的信息，一旦听到电船的汽笛声小船即靠近电船，交通员会敏捷地把从上海、香港运送过来的干部和携带的物资接到小船上，这样就可躲过敌人在上岸码头的严密检查，直接逆流而上，驶至青溪后再转为陆路运送。

永丰客栈是设在青溪镇上靠着小街东头的第二家店铺。店主余良晋是地下党员，其妻子黄莲开是革命群众，夫妻双双为革命出生入死，冒着生命危险保护着交通站。1930年秋冬之交，中共闽西特委派卢伟良到大埔担任交通中站站长，永丰客栈便成了交通中站的联络地点。

敌人对这个小镇不太留意，觉得青溪北面的下坝、丰市，南面的花窗下、段丰以及斜对面的青岗下等村庄，都有民团布防；南面的大埔城，前面的虎头山都有重兵防守。按兵家常识来说，共产党在这样的地带是很难以开展活动的。然而，共产党人却偏偏在敌人的心脏里设了个秘密交通中站，并在离镇不到半里路程的吕铺村陈嫂家建立了联络点。

永丰客栈原本是家豆腐店，客栈的一楼住着房主人余良晋，他身材中等，贫苦农家出身，没有田种，就靠卖豆腐为生，大家都称呼他为余伯。

1928 年冬，共产党在这里发动了农民武装暴动，余伯参加暴动，开始与党有了联系，后来便经常冒着生命危险掩护党的地下活动。他的老伴余婶和十七八岁的女儿也在革命斗争中历经磨炼，冒着危险支持党的地下工作，是勇敢的赤色群众。客栈二楼是旅馆，房间有后门可直通后山，遇有紧急情况时可以从后门逃脱。

外人谁也没想到，这位五十开外、老实憨厚的老汉，已是有多年党龄的中共地下党员，他们一家三口，竟都与中国革命紧密联系在一起，余良晋和他那一爿豆腐店的小楼阁即是地下交通线上的关键联络点。余伯一家人以卖豆腐为生，人缘好，价钱公道，村里乡亲大都到他们店里买豆腐。

卢伟良奉命在大埔建立地下交通中站时，选中了永丰豆腐店。随即将永丰豆腐店的二层和三层改为客栈，挂了招牌叫“永丰客栈”，一楼仍由余伯卖豆腐。交通站站长卢伟良和几个交通员都称余良晋为余伯，称他的妻子黄莲开为余大婶，叫他的女儿为余丫头。大家平日住在一栋楼里，说说笑笑的形同一家人。余伯一家子平常要么在一楼制卖豆腐，要么在屋前屋后浇肥种菜，为交通站望风。

从汀江岸边上来的“住客”一般是夜间到永丰客栈，对上暗语后，余伯便悄声开门把客人接进屋，余大婶烧火做饭，余丫头到门口望风。来人如是纯粹的过路客或可疑之人，余伯便会大声地招呼道：“孩子她娘，来客人了！”以此提示交通站的人员做好相应准备。

为掩护交通站，余伯一家多次冒着生命危险，经历一场又一场的严峻考验。他们几次在敌人的搜查中，面对黑洞洞的枪口毫无畏惧，镇定自如，没有被凶残的敌人吓倒，沉着冷静地度过了一次次的险关，保护了交通站的安全。

从永丰客栈走百多步便是交通站的仓库，从上海、香港、汕头、潮州等地运往苏区的物资都先存放在这里保管，而后由闽西特委派人转运到苏区。仓库是三间平房，由党员余均平负责。

青溪交通站备有大船 3 条、小木船 2 条，专为接送干部和物资用。遇有船不够用，就通知余良宜、余永菊等当地赤色群众来帮忙，充当运输队员。经常参与运输的有余维机父子、余良宜等六七个船夫。这些船上挂有竹帽子，这是暗号，示意是自家的船，可以放心装货。货装好后就将竹帽取下。船到青溪后，通知余均平起货。两三天后，闽西特委就会派人将货趁夜挑走。不管是刮风下雨、天寒地冻，运输队员只要看见着黑衫、带驳克枪的交通员一来，就赶紧备好扁担、绳子，跟着武装护送队就出发，来回百十里路，一个晚上就将货物抢运到苏区。

大埔秘密交通中站设在青溪的永丰客栈，首任站长卢伟良，后是蔡雨青、曾昌明、郑启彬、赖义斋、雷德兴、杨现邻，交通员先后有丘寿如、温仁宝、杨雄初、丘黄华、张超、余维头、余维邦、杨阿芳等。交通站配备 3 人，1 个站长、2 个交通员。大埔交通站辖多宝坑、铁坑两个小站。多宝坑小站是邹日祥负责，铁坑小站是邹维尊（后叛变）负责。根据大埔交通站的实际情况，闽西特委还专门派了 5 个武装交通员，以保障护送干部途中的安全。

从伯公凹到虎岗

1931 年 3 月的一天，在闽西特委书记邓发的办公室里，刚从广东省委调来的发行科科长李沛群从邓发那受领了任务：“闽西交通大站（工农通讯社）由你负责，这担子可不轻哟！”在场的仅他们二人。出于保密性质，设站之事只允许地方党委书记一人知道。几天后，闽西交通大站在永定县虎岗一家祠堂宣告成立。闽西交通大站的成立，标志着从上海到中央苏区的这条秘密交通线形成了一个有机整体。

广东大埔西陲的上伯公凹与福建永定的下伯公凹是交界处，从这里往西 60 余里是永定虎岗，闽西交通大站就设在这里。

这个大站的成立，对转送党的高级干部到中央苏区，简直就是“及时雨”——就在一个月后，1931 年 4 月 24 日，时任中共中央政治局候补委员、中央特科主要负责人的顾顺章被捕叛变。这对于在上海的中共中央机关和党的干部而言，从这一刻起，危险与牺牲便随时都在他们身边。因为顾顺章对周恩来等中共高层在上海的住处、活动规律乃至打入敌人内部的部分地下工作人员的情况相当熟悉。

周恩来从时任南京特务头子徐恩曾的机要秘书、中共地下人员钱壮飞那里获知顾顺章叛变的情报后，明确要求：对一切可能成为顾顺章侦察目标的干部，应以最快速度有计划地转移到安全的地带或调离上海。一个月前成立的闽西交通大站，与上海党中央交通局、香港华南交通总站、广东大埔（青溪）中站、中央苏区总站形成了有机连接，这对于大批党的重要干部脱离白色恐怖险境，及时转移到苏区，是至关重要的。

闽西交通大站负责传送任务的地段是：青溪、大埔城、潮安、汕头、香港、上海。青溪、多宝坑、铁坑、伯公凹、桃坑、永定，担负着接送干部、传输物资、护送文件等任务。由这里往瑞金沿途经过：大洋坝、坑口、白沙、旧县、南阳、新泉、朋口、涂坊、四都、茶坑、瑞金，总路程约 330 里，需要七八天的时间赶路。

党的干部进入苏区，给苏区的斗争和建设等各方面都注入了活力，解决了存在的一些问题。1931 年 12 月 16 日，中共中央政治局常务委员、军委书记周恩来从上海进入了永定苏区，住在永定县城交通站所在地的秋云楼，永定县委、县苏维埃领导人向周恩来汇报了闽西苏区发生的“肃清社会民主党”运动情况，周恩来当即制止，保护了一大批党的优秀干部。

闽粤赣省委于 1931 年 2 月成立后，干部奇缺。8 月，闽西交通大站站长李沛群被调任闽粤赣省委秘书长，蔡雨青接替了交通站站长的岗位。周恩来从上海进入闽西苏区后，在长汀城的闽粤赣省委见到李沛群，得知他已调省委任秘书长的消息。当晚，周恩来与闽粤赣省委书记罗明、组织部长李明光、宣传部长郭滴人开了一个碰头会，要求李沛群立即移交秘书长工作，回闽西交通大站去。会后，李沛群立即将秘书长工作移交给刚进入苏区的李六如，回到了闽西交通大站。可见，在周恩来心中，交通线对于中国革命来说，是何等的重要。

周恩来在这次会上还对闽西交通大站作出四点指示：一、把闽西交通大站搬到永定的边界去；二、为了完成中央决定的从白区抽调百分之六十的干部到苏区的任务，护送工作很重要，一定要做好；三、要输入药品和军需物资；四、要从上海运大的电台到苏区。在永定虎岗的闽西交通大站也搬到了永定的古木督。

随着白区恐怖不断升级，周恩来还要求根据不同情况对闽西交通大站的具体线路作出调整，必须相应设立一些小的联络点，既可以保证交通线上的绝对安全，又可以分站“接力”，减少过往干部长途跋涉的疲倦。1931 年 6 月间，根据周恩来的指示，把从闽西通往瑞金的交通小站调整为：由闽西大站虎岗经大洋坝、坑口、白沙、旧县、南阳、新泉、朋口、涂坊、四都、茶坑，翻越大杉岭山进入瑞金。在第三次反“围剿”期间，敌人进占了永定县城，在虎岗的闽西交通大站撤离转移，这时交通路线便从雷袍山中峰直下庄芬、太拔、茶地绕道转入瑞金。

中途各小站的分布为：由青溪交通中站过多宝坑、铁坑两个小站便可到上伯公凹，约有 50 华里路程。上伯公凹属大埔地界，由此到闽西地界的下伯公凹仅 3 华里路程。下伯公凹设有交通小站，站长是邹清仁。再走约 20 里便是桃坑交通小站，原长治乡苏维埃主席丘辉如担任站长。桃坑有 20 多户人家，交通站就设在村边山脚下的一栋房子里。从桃坑再走 20 里，就是永定城关交通小站了，站长是张发春。合溪交通中站离城关小站有 20 多里，站长苏昌（广东人，长征时牺牲）。由合溪往前走，20 多里后越过一座很高的雷袍山，便是虎岗——闽西交通大站了。由这里到瑞金沿途有：大洋坝、坑口、白沙、旧县、南阳、新泉、朋口、涂坊、四都、茶坑。

国民党营垒里的特殊“夫妻”

白色恐怖下的上海，国民党的大营垒，几乎每个角落都充斥着军警、特务、密探、巡捕，他们的爪牙——黑帮、地痞、流氓也是四处横行。特别是 1931 年的 4 月和 6 月，中共中央特科负责人顾顺章和党的负责人向忠发先后叛变，中共中央在上海的活动顿时陷入困境。白色恐怖笼罩下，中共中央机关在上海面临的恶劣环境是常人难以想象的。

当时，敌人对旅馆、饭店、出租房这些场所以及单身活动的男子盯得特别紧，搜查盘问非常频繁、严格。稍不留意，就有可能酿出无法挽回的大祸。因此，中共中央要求在上海从事地下工作的同志尽量不要单身租房居住，尽可能以夫妻、家庭身份租房，建立机关联络点。并严厉规定组建家庭的假夫妻要尽量像真正的夫妻，在“家”要严防房东及侦探的监视。出外要与身份合时宜，两口子要表现得恩爱。一些组建的假夫妻遇有房东猜疑时，灵活机智采取措施，如拌嘴、指责男的不顾家等，以避免不必要的麻烦而给党组织造成损失。当时，还规定了具体的生活费标准，真实夫妻每家每月 25 块银元，假扮夫妻每人每月 10 块银元。而在中共中央机关人员中，具备像周恩来、邓颖超这样真实夫妻身份的很少。于是，在 20 世纪 30 年代初的上海，一批负有特殊使命的“家庭”便应运而生了。

1929 年秋，河南往上海的交通员需要一个搭档，组织上认为周惠年是合适的人选，便将周惠年接到上海。吴德峰给她分配的任务是，与河南交通员小刘扮作夫妻，住机关做秘密工作。

周惠年，河南信阳人，时年 19 岁，长得很是秀气、漂亮。当时她一听任务，脸颊上顿然闪现红云，一时语塞，低头心想：自己长这么大，连恋爱都还没谈过，却要与个并不熟悉的男人朝夕生活在一起，要完成这样的工作，可要比其他任务难办得多……没容周惠年多想，吴德峰和蔼又略带严肃地说道：“惠年同志，这可不是让你去过舒适的家庭生活，这是革命工作的需要。交通员工作是党的工作的重要保障，需要你的配合和掩护。”

见吴德峰那么郑重其事，周惠年很快点了点头说：“我一定会完成好组织上交给的任务。”接着，吴德峰把小刘叫了进来，当面向他们交代了有关组织纪律和假扮夫妻应注意的事项。

组织上分配给他们的任务是：小刘“主外”，负责有关人员联络、情报传递工作；周惠年“主内”，在家里接待“来客”，负责情报、经费的中转。他们直接对中央交通局局长吴德峰负责。

一个革命“家庭”组建起来了。当天，小刘、周惠年两人以夫妻名义在维尔蒙路一条里弄的二楼租了房，开始了他们与众不同的“夫妻”生活。白天，需要共同出去时，两人手挽着手地走在一块。房东来收房租时，他们时而装作新婚燕尔的夫妻依偎在一起，时而又装作因生活拮据而拌嘴斗气。晚上，他们会利用吃晚饭的时间，把当天的工作情况互相通气，然后各自休息。

一晃三个月过去。按约定，这天夜里9点，有“客人”要到家里领取活动经费。8时许，小刘、周惠年正在商量清点款项，突然外面警笛大作，阵阵嘈杂声由远至近传来。小刘推开窗户往外张望，想了一下，回头对“妻子”说：“惠年，应该是敌人的搜街行动，他们是要挨家挨户查的，我们得小心点。还要赶快把他们打发走，不然会坏事的。等会我们演出戏给他们看。”

不多久，楼下一阵急促、粗暴的敲门声后，女房东胖嫂后面跟着两个军警、三个便衣上了楼，推开门一看，枕头、塑料盆、茶杯等散落一地，男主人衣衫不整，沮丧地呆立一旁。女主人像受到莫大的委屈，满脸泪痕。一见来了人，周惠年便开始哭诉：“老总，你们可得给我评评理啊。这个不顾家的死鬼，家里都快揭不开锅了，他还到处去赌，回家我说他两句，竟要动手打人，老总，你们可要帮我做做主啊。”没容这群不速之客反应过来，周惠年又转向那个女房东：“阿姨，你也要帮忙管管他呀，不然再这样下去，我可没钱给你交房租。”言毕，周惠年指着小刘骂道：“你这死鬼，今天得当着老总们的面，给我说清楚！当初你是怎么跟我爸妈保证的，一定会让我过好日子的，却一样也没做到！你……”

领头的便衣看这个厉害的小妇人一副没完没了的样子，又见那“赌徒”的窝囊相，加上这屋子里乱糟糟的，看不出有什么异样，便手一摆，没好气地大声呵斥道：“我们没空听你啰唆，你们自个解决去！”说罢，带着人马扬长而去。

女房东胖嫂安慰了两句后也一摆一扭下楼去了，掩好门后，小刘、周惠年相视露出了会意的微笑。待他们把房子收拾好，时针正指向“9”，“客人”就如约登门了……真是好险啊！

交通员小刘与年轻貌美的周惠年相处一段日子后，小刘对周惠年的各方面出色表现极为佩服，产生了爱慕之情。一天晚上，他向周惠年正式提出求婚。周惠年被这突然的情况不知所措，似乎受了莫大的委屈而大声哭叫起来，闹得房东太太前来监视。好在真戏假做，他们故意大闹一场，事情总算遮盖过去。

事后吴德峰找到小刘、周惠年，严厉地批评了一顿，说他们闹小孩子脾气，有问题要好好讲，不该大哭大闹，因为毕竟在敌人眼皮底下活动，四处都有人在监视。

后来，周惠年向组织作了检讨。在日后的工作中，他们为了党的工作，装扮夫妻出色地完成党交给的每一项任务。在工作接触中，从事中央特科工作的小刘对周惠年的工作能力很是赞赏，并产生了爱情。1931 年，经中央批准，小刘和周惠年正式结婚，第二年他们的孩子出生。几年后，小刘在一次执行任务中，因身上携带准备送往苏区的电台被查出而惨遭敌人杀害。周惠年一直坚守在“家”，负责收缴各苏区上交中央的经费，再转交中央交通局。1934 年 9 月，她一度被捕，抗战开始后才被释放。

上海小沙渡路转角处有一间名叫“福兴商号”的店铺，是当时中共中央机关的又一个秘密联络点，也是中共中央政治局的一个临时开会地点。平日，这家店铺要采购囤积一些苏区需用的物资，为遮人耳目，还兼顾面向上海市民的零售服务。组织上指定熊瑾玎、朱端绶假扮夫妻，以便掩护秘密工作开展。

熊瑾玎，1886 年生于湖南长沙，曾在毛泽东创办的自修大学任教导主任，为毛泽东、何叔衡去上海参加党的一大筹措过经费。1927 年入党，翌年到上海任中共中央机关的会计。

朱端绶，同样来自湖南长沙，是湖南长沙女子师范学校毕业的高材生，1925 年入党，齐耳短发，端庄娴静，很有些学生味。两人相继被派到福兴商号当“老板”“老板娘”。他们对外身份是“夫妻”，对内是革命同志。

时间一天天过去，转眼福兴商号开张已近半年。这期间，熊瑾玎、朱端绶这对“夫妻”除做好日常秘密联络工作外，还多次顺利保障了中共中央政治局召开的会议，受到了蔡和森等中央领导的赞许。

不知不觉间，朝夕相处的共同战斗情谊，加上同志们的撮合，两人产生了感情。1928 年夏的一天，熊瑾玎先向朱端绶挑破了，他对“老板娘”说：“端绶同志，我们一起战斗生活也有半年多了，大家都说我们是那么的般配，我的感觉也是这样。端绶，嫁给我吧，这样我们就是名正言顺的老板、老板娘了……”

朱端绶一听，腼腆地低着头。其实，她也早已把这个长沙老乡装进心中了。他对革命的忠诚，他的机灵能干，他的诙谐谈吐……

按组织纪律规定，党的地下工作者结婚必须向组织报告。熊瑾玎在朱端绶应允后，向周恩来作了汇报。周恩来代表组织同意了这桩婚事，还主动提出要跟邓颖超一起当他们的证婚人。

1928 年 8 月，在中共中央机关的一个小院子里，假扮老板和老板娘的熊瑾玎、朱端绶在周恩来、邓颖超夫妇的见证主持下，成为了真正的夫妻。婚后，他们继续经营着组织上交给他们的福兴商号……

1933 年 4 月 8 日，熊瑾玎去法租界给贺龙家送生活费时，被守候在那里的法国巡捕抓去。朱端绶找到宋庆龄，并请史良、唐豪等律师设法营救。最终，熊瑾玎仍被判了8年徒刑，直到1937年抗战爆发后，饱尝4年多铁窗之苦的熊瑾玎才被获释，后一直在中共中央机关报《新华日报》担任总经理，朱端绶也在报社工作。

1966年，在被称为中共红色管家的熊瑾玎80岁诞辰时，周恩来特地带着两瓶陈年绍兴花雕酒去为他祝寿。在“文革”中熊瑾玎、朱端绶夫妇遭到无情打击时，周恩来亲笔为他们写了“最可信赖”的证明。1973年1月，得悉熊瑾玎病危，周恩来不顾自己重病在身，亲自去医院看望。朱端绶将丈夫写的诗句“叹我已辞欢乐地，祝君常保斗争身”交给周恩来，周恩来饱含热泪地紧握住他们夫妻俩的手，久久没有说话。

1931年7月，白色恐怖笼罩下的上海，中共地下工作愈加艰难。这时，组织上决定由负责长江线交通工作的李培南和负责交通联系工作的19岁的河南女子赵仲敏扮作假夫妻，开展交通工作。两人的“新房”安排在上海戈登路的一间民房。

布满血腥的上海街头，到处是敌人的军警、特务、叛徒。李培南和赵仲敏这对假夫妻以“新婚”名义出现在中央机关办公点和领导住处，及时传递着党中央的声音。在当时白色恐怖极度疯狂的几个月里，中央机关工作人员大都不得外出，一切情况由交通员负责传递。这对假夫妻手挽手地进出商场、舞厅、租界，为中央机关和工作人员传送着一个个信息和情报。“多好的一对夫妇！”同志间都投以羡慕的眼光。

每次办完公事，他们在一个房间又各自生活。一个月、两个月、三个月……随着时间的推移，他们之间感情在不断深化，激起爱情的火花，相互间的配合既默契又和谐。

一个月圆的夜晚，李培南腼腆地对赵仲敏说：“赵仲敏同志，我们假夫妻的‘假’字能不能去掉？改为‘真’字！”

半晌没说话的赵仲敏低着头，红着脸……

“不表态就意味着默许啦！”李培南说。“我马上就向组织写申请报告，你得在报告上签上名。”

一个星期后，组织上批准了他们的申请，两人在哈同路慈厚里租了房子，成为真正的夫妻。

半年后，组织上决定派李培南到中央苏区负责交通方面的工作，赵仲敏因怀孕不得同行暂留上海，约好待小孩出生后在苏区团圆。9月下旬，他们握手分别，岂料分别不到一个月，赵仲敏因叛徒告密而惨遭杀害。

中央机关主要人员转移到中央苏区后，李培南于1934年调任红军总政治部任宣传干事、破坏部科长，后调任五军团政治部宣传干事、四方面军红军大学政治教员。之后参加了长征，担任过抗日军政大学一分校政治部主任、政委。1945年任鲁中军区党委第一书记、副政委，参加了莱芜、孟良崮等战役。1948年任山东淄博特区党委书记兼司令部政委。

新中国成立后，李培南历任中共温州地委书记，军分区政委，上海交通大学党委书记、代理校长，上海社科院党委书记兼院长，上海第七、第八届人大常委会副主任等职，1993年病逝于上海。

在艰苦、残酷的革命斗争中，许许多多像小刘和周惠年、熊瑾玎和朱端绶、李培南和赵仲敏这样的共产党人，他们听从组织安排，扮演夫妻，为党工作。他们朝夕相处，严格地执行党的纪律，没有出现有任何差错，即使在工作中确定建立了革命感情，也会及时向组织报告，经审查批准后再结为伴侣。不少革命伴侣在艰苦的革命斗争中结合，又在艰苦的革命斗争中分离，甚至永别，但他们揩干泪水，把对最亲密战友的爱深深藏在心中，坚毅地昂起头，毫不畏惧地战斗在敌人心脏，活跃在荆棘丛生的国民党营垒中。

第三章 移 植

中共中央机关潜伏在上海这个国民党营垒中，白色恐怖不断升级，日益猖獗。1931 年的 4 月和 6 月，中央特科负责人顾顺章、中共政治局主席向忠发相继叛变，令本来就处于高度紧张的中共中央机关又加重了砝码，真是雪上加霜。

在白区，尤其是上海的中共中央机关人员处境越来越险恶，活动空间越来越小，面临的迫切问题是必须另寻落脚点和发展空间。如何使中央机关得以更好地开展工作，从局势上来看，也就只有穿越上海至中央苏区这条唯一的交通线，到闽西、赣南这块拥有 8 万多平方公里、40 多万人口的中央苏区建立中央革命的指挥中枢。

目标一经确立，中央机关和众多干部及物资的转移随之便在交通员的护送下展开，一个个中共精英巧妙地化装成商人、教书先生、打工仔……总之，一个硬道理，要坚决越过敌人封锁线。他们因人因情况进行化装，紧张有序地从敌人眼皮底下神秘穿越，来到毛泽东、朱德率领红四军开辟的中央苏区，施展着他们的才华和抱负。

“国军”师长家的贵宾

白色恐怖笼罩下的上海，充斥着刺耳的警笛声和恐怖的血腥气，虽是春光明媚的三月，却没有一丝春意。位于上海法租界的一个房间，四周窗帘遮得严严实实，昏暗的灯光下，周恩来正在同刚从苏联回来的叶剑英密谈。

叶剑英，广东省梅县人。1917 年入云南讲武堂。曾参与筹建黄埔军校，任教授部副主任。1926 年任国民革命军新编第二师师长，后任四军参谋长。1927 年加入中国共产党。1927 年 12 月率领所部教导团参加广州起义，任军事指挥部副总指挥。1928 年赴莫斯科学习。1931 年春，叶剑英从莫斯科劳动大学归来后，组织上决定派他到中央苏区充实领导力量。

启程前，周恩来找他谈话，告诉他：“到了中央革命根据地，暂时先到苏区中央局革命军事委员会参谋部工作，看战局发展情况再作调整吧。”

叶剑英当即表态：“坚决服从党中央决定！”

红色电波传来了上海党中央密电：“本月 26 日有要客抵港进苏区，望做好安排。”

叶剑英是广州起义领导人，其影响很大，认识他的人也多，国民党反动派正悬赏十万大洋通缉他，稍有疏忽，后果将不堪设想。收到电报的闽西特委书记邓发深感护送叶剑英之行的担子之重，经反复斟酌，他选定由大埔交通中站站长卢伟良全程护送。

闽西永定虎岗，闽粤赣省委机关驻地。邓发书记在一座二层的土楼办公室秘密召见了卢伟良。

“交给你一个紧急任务，今天立即动身去香港护送一位重要干部进中央苏区。”卢伟良是梅县人，与叶剑英是老乡，这样安排也是便于路上化装通过封锁区。邓发亲自筹划了路线和行程，选择从大埔的东部经饶平县的黄冈进入苏区，这样可避开常走的韩江、汀江那条水路。

一路披星戴月，卢伟良马不停蹄地赶到香港。按事先约好的联系暗号和地点，卢伟良在一公园门口坐下等候接头。

一个小时，两个小时，半天过去了，还不见联系人。晚上，卢伟良找了家旅馆住下，第二天又到约定地点等了一天，还是不见人影。就这样等了一天又一天，一直到第七天还不见有人联系。

卢伟良带在身上的经费都已用完，连应急用的金戒指也卖了作生活费，这时连吃饭的钱也没有了……

几近绝望之际，第八天上午，香港交通员潘洪波找到卢伟良，并说明了缘由，原来是要与卢伟良接头的交通员意外被捕了，组织上为慎重起见，刻意暂不接头，而是在接头地点附近多观察了几天，见并无异常后才让潘洪波与卢伟良接头。之后，他们约好第二天一同去见“老杨”（叶剑英的化名）。这个时候，原先等人等到心急如焚的卢伟良，一颗悬着的心终于放了下来。

香港跑马厅东旁的一座西式楼房，这是聂鹖的家，叶剑英就住在这里。聂鹖是云南人，在云南讲武堂第 12 期与叶剑英是同班同学，国民党新编第二师师长。第二天上午，潘洪波准时来到旅馆与卢伟良一同去见“老杨”。

一长两短九声的敲门声音后，房主知道是自己人来了，便开门迎接。一番握手说明来意后，聂[illegible]带着卢伟良、潘洪波来到二楼叶剑英夫妇的住处。进门一见，“老杨”微笑地说：“早就听说你们要来，一路辛苦了。来，快坐下。”

“老杨”同卢伟良拉家常，聊家乡情况，还破例告诉他说自己是叶剑英。卢伟良一听自己护送的人是叶剑英，兴奋中又夹带些许担忧——兴奋的是自己能与威名显赫的领导人如此近距离相处，担忧的是此番护送任务是何等艰巨。

卢伟良略带拘谨地站着，叶剑英走过来，亲切地拉着他的手说：“坐下，坐下，在这里不必拘礼，老乡嘛。”随后一起谈笑风生。卢伟良没想到大名鼎鼎的叶剑英是如此和蔼可亲，原先的拘谨顿时烟消云散，在叶剑英住处谈了一个多时辰。叶剑英对卢伟良嘘寒问暖，关怀备至，并将家人介绍与他认识。

在客家人眼中，主人把家人的身份介绍与你，那是一种最为依赖的好友，是把你当成自家人看待了。这是一种很高的礼节。

卢伟良内心无比激动，叶剑英这位党的高级干部，对我这个小老乡如此信任，真不知怎样感谢才是。他暗中下决心，一定不惜一切代价，哪怕牺牲生命也要完成好这趟护送任务。

其时，国民党反动派制造的白色恐怖愈加严重了。城市军警、特务、叛徒、地痞、流氓横冲直闯，搜捕共产党人和革命群众。1931 年 1 月，中共广东省委委员江惠芳被捕后叛变，南方局在香港的电台遭到破坏。同时，广东省委交通员莫叔葆被捕后叛变，南方局又遭到一次空前的严重破坏，省委各部也遭到毁灭性打击，各部负责同志被捕，在香港、上海、广州等地也开始谣传叶剑英被捕了。

叶剑英听了置之一笑："敌人是什么事情都干得出来的，我们必须提高警惕才是。争取早日离开香港。"一天下午，刚从苏联学习回国的蔡树蕃和陈友梅被约到叶剑英住处秘密商讨进入苏区的具体路线。卢伟良将闽西特委筹划的护送路线和理由向他们作了陈述，获得一致的认可。

离开香港的出境手续刚办理好的第二天，卢伟良买好下午 3 点香港到汕头的四张船票，分别给了叶剑英、蔡树蕃、陈友梅，让他们各自带船票上船，装作互不相识的旅客。这样做，是为了便于上船并避开敌人的注意。中午 1 点多，叶剑英的弟弟叶道英送他们到了码头。3 点钟，一声鸣笛，轮船起锚开船了。叶道英久久地站立岸边，朝轮船挥手致意，他深知哥哥此去路上的艰辛和危险，在这战争频繁中不知道何时才能与家人相聚。

船驶出港湾，经过一夜的航行，第二天上午 8 点多抵达汕头。一行人匆匆在码头边的小食店吃了碗粥，卢伟良随即买好了去澄海的火车票。两个多小时后，他们到达潮安的澄海，一下车便往黄岗圩联络点赶去。

春寒料峭，卢伟良领着叶剑英、蔡树蕃、陈友梅在呼呼的寒风中边啃干粮边赶路。卢伟良心里清楚，在路上的每一分每一秒都会有危险出现，容不得半点的疏忽和大意。黄昏时，他们到达黄岗圩，在一个地下党员的父亲开的食杂店安顿了下来。晚上，主人做了一桌好菜，还给他们温了一壶糯米酒，大家说说笑笑吃了顿美餐。

深夜，叶剑英等人睡得正酣，突然传来几声枪响，卢伟良一个骨碌翻身下床潜到门边。这时主人点灯过来："嘿，不知哪条商船又遭抢劫了。”原来是土匪抢劫了商船。

“再睡也睡不好，干脆赶路去吧。”叶剑英起身对卢伟良说道。

从黄岗圩到闽西苏区，须经过埔东，其间有一段山路极为难走。卢伟良也仅走过一次，路线不熟，问路是不安全的，万一问到反动民团和土匪可就危险了。于是卢伟良小心翼翼地睁大眼睛，高度警觉地领着他们在山林峡谷中悄悄穿行。

走了十余里的崎岖山路，叶剑英一行人实在太累了，此地离大埔县委所在地还有20里的路程。正当大家疲惫不堪时，眼尖的卢伟良忽然发现路边十多米处堆着一垛稻草，便于隐蔽，便提议道：“在此先歇会吧。”

“那就休息一个小时。”叶剑英说。

“天苍苍，野茫茫，我把大地来当床。”叶剑英怀着革命乐观主义精神，轻声哼着客家小调。卢伟良看大家在催眠曲般的小调声中很快进入了梦乡，便转身到草垛外围望风去。

月光皎洁，群山隐现，云朵在星空中游走，卢伟良一边警惕地留意四周，一边独自欣赏着山村的夜色美景。

一个小时将到，看天边已出现鱼肚白，天很快就要亮了，一行人又出发了，约莫走了三个多钟头，终于来到大埔县委所在地的埔东区大产。

中共大埔县委书记丘宗海热情接待了叶剑英一行。翌日上午，叶剑英在县委书记的陪伴下，为地方红军红48团和县委机关同志作了形势报告。

稍事歇息两天后，大埔县委派了一个全副武装的手枪班护送叶剑英进入闽西苏区。当闽粤赣省委书记邓发和永定县县委书记肖向荣迎在门口看到叶剑英，急忙跑上前握手，并夸赞说：“伟良同志很好地完成了任务，要是叶参谋长有个闪失，就别想回来见我啦。”说完哈哈大笑起来，带着大家进入省委办公楼——永定虎岗一座二层的土楼。

在虎岗的几天，叶剑英除了给苏区军民作形势报告外，还仔细勘察了这一带的地形，了解民情风俗，并写了封家信让卢伟良返程时带给他的家人。

3 月初的闽西，寒气逼人。清早，地面和房顶落了一层白霜，洁白无瑕，苏区高高飘扬的红旗在霜雪的映衬下显得格外壮观。叶剑英、蔡树蕃、陈友梅在闽西特委派出的一个连的武装护送下前往瑞金。而卢伟良又接受了组织交给的新任务，奔赴香港。

在以后的日子里，叶剑英对卢伟良甚为关心。1932 年 2 月，将卢伟良调红军总参谋部所属的二局任侦察参谋。在那里的一年多时间里，他几乎天天与中央军委总参谋部部长叶剑英见面。1934 年春，卢伟良调去红军大学学习，毕业后被安排到保卫团任参谋长。长征到达遵义后，他在李克农领导的保卫局工作，后又任侦察参谋，一直跟随叶剑英长征。抗战时期，叶剑英担任华北军政大学校长兼政委时，又调卢伟良去华北军政大学工作。

1949 年 9 月，广东兴梅地区解放，叶剑英让卢伟良到家乡兴梅地区主持行署工作。1958 年，卢伟良被错划为右派，叶剑英和肖向荣认为卢伟良是一位党的好同志，为他的平反做了许多工作，直至 1978 年党的十一届三中全会后，卢伟良得以平反，恢复党籍。

缘于 20 世纪 30 年代初红色交通线上的一段生死与共的护送经历，叶剑英与卢伟良，一位党的高级干部和普通交通员之间的情缘，竟整整持续了近半个世纪。

从莫斯科步兵学校来的机枪教官

挺拔俊俏的桦树林，壮阔的莫斯科红场，神秘深邃的克里姆林宫……20 世纪二三十年代的苏联，这些地方是多么神圣，多么令共产党人所向往。

早在 1925 年，伍修权，这位年仅 17 岁的英俊青年被中国共产党派往莫斯科中山大学学习，两年后转入莫斯科步兵学校学习军事。1931 年 5 月，他离开学习了六年的苏联，回到了自己的国家，在中央苏区担任闽粤赣军区司令部参谋。1933 年，共产国际派德国人李德到中央苏区担任军事顾问，伍修权被派到李德身边当翻译。

伍修权学的是军事，在苏联的几年中他已在远东工作，是苏共党员。每每有国内革命和战友们的点滴情况传来，都会令远在异国他乡的他兴奋不已，他是多么渴望回到祖国投身战斗。经他努力申请和中共中央同远东局联系协调，伍修权终于在一个万里无云的上午接到了回国工作的通知，组织上决定让他到中央苏区做军事工作。

后来，伍修权回忆说："记得我和黄火青同志从苏联到上海后，按照规定的暗号到了一个旅馆，等待党组织派人接关系。这时正值顾顺章叛变，我们的党组织进行了改组。因此过了一个月的时间我还没有和组织取得联系，实在心烦意乱。到南京路逛马路时遇到比我早一年回国，过去曾在远东伯力搞情报工作的张振亚（即张实存），他问我找到党的关系没有，我说还没有，并托他想办法帮我接关系，他说给我想办法，我就把我住的旅馆告诉了他。过了几天，吴德峰同志就亲自到旅馆，找我们两个一同回国的同志分别谈话。”

确定前往苏区的出发日期后，中央交通局吴德峰局长亲自把上海到香港的船票送来给伍修权，并将在上海工作多年的郑重介绍给他，并说："中央考虑到你刚回国，情况比较陌生，特意安排郑重同志与你同行。"

"谢谢组织对我的关心！"伍修权用夹杂着些俄语腔的普通话答谢。

按照交通局规定的行走路线，伍修权登上了从上海到香港的轮船。站立在轮船甲板上，迎着呼呼吹来的热浪，他不禁心潮起伏。

经过两天的海上航程，轮船停靠在香港码头。他们下船后便到售票处右侧的一个茶亭边，不一会儿，一位操着广东口音的青年走了过来："先生，要船票吗？我这有两张到汕头的票，家里有事去不了要转让啦！"

"要多少钱？"

"按原价退啦，下午 3 点开船很合算的啦！"这是事先约好的暗号。双方接上关系后，那位广东籍交通员便领他们匆匆吃了碗面条后，上了香港到汕头的"潮州轮"号轮船。

轰鸣的轮船起航往汕头方向驶去。伍修权坐定后翻了翻行李，确认上船被翻查行李时是否掉了什么。又数了数随身带的几条手帕，生怕少了一条。这其中一条可是用药水写的介绍信，要是掉了就麻烦了。他一一确认后，将行李箱放在靠过道里头的床边，便靠在一角闭目休息。

第二天早上 8 点，行驶了十来个小时的“潮州轮”驶达汕头码头。一行三人在码头边的一个小旅馆住下，以便做好进入苏区的准备。当时他们三人并不知道汕头有交通站，护送的交通员也不清楚，汕头绝密交通站的人员当然也不可能出面迎接。

护送伍修权和郑重的交通员计算好潮州到大埔的小电船开船时间后，便买好了第二天到潮安的轻便小火车车票。

在汕头这一晚，伍修权枕着富有节奏感的涛声，畅想着中国革命的美好前景，……美美地睡了一个好觉。

第二天，他们乘坐轻便火车不到三个钟头，便到了大埔县县城所在地茶阳了。宽阔的江面，两岸绿树成荫，奔腾流淌的韩江水……祖国的大好河山多美啊！伍修权好奇地四下张望，发现这里百姓家的房顶上几乎都备有一条小船，感到疑惑不解。

“同志”，伍修权问交通员说：“老百姓家房顶上都有一条船，难道是出海用的？”

“哈哈，你的眼睛可真贼呀，初来乍到便发现了这个秘密，告诉你，茶阳城区地势较低，每年的五月都会涨大水，这是他们在遇上涨大水时用来救生的。”交通员说。

“这倒是个好办法，老百姓真是聪明。”一旁的郑重也听得有兴致。

说话间，江面上悠悠荡来一条小船，船的前篷上端挂有一顶竹帽子。交通员轻声向伍修权说了声：“来接咱们的船来了，准备好，大家小心点，马上就要进入敌人封锁严密的青溪了。”

第三章　移　植

小船逆流而上来到青溪小镇。下船走了十几分钟的路程，一行人在“永丰客栈”落了脚。交通员告诉伍修权说：“晚饭后天暗下来时我们就出发，你身边的箱子就不能带了，把里头重要的东西带上就行了。”

听此交代，伍修权当即将手帕及几本书挑了出来，用布包成一个小包袱，让交通员帮忙裹缠在身上连夜上路了。往前又赶了十余里路，交通员提醒大家说：“前面不远就是苏区了，现在正处在白区与苏区交界地带，这里是敌我对峙的地方，我们要尽量避开国民党和地方民团的明堡暗哨，千万不能出声。”

听罢，伍修权顿觉身上的小包袱重若千钧。夜间行走，看不清脚下的路，还要警惕地巡视四方，竖起耳朵听一切可疑的声音。

行走在杂草灌木丛中，只能一个跟着一个往前摸索。

走了近 50 里的夜路，又翻上一座山头，交通员停下来，敞开衣襟对他们说：“到家啦，同志们。”

家，就是苏区，就是中央革命根据地。大家心头悬着的石头终于落地了。伍修权站在高处举目四望：“啊，苏区的山水，连一草一木都是这般的美呀！”

迈着轻松欢快的步伐伍修权来到虎岗，这里是闽西交通大站所在地，闽粤赣省委亦设在此。省委秘书长肖向荣接待了他，伍修权打开小包袱取出那条特殊的手帕递过去，经碘酒一洗，字迹显现出来：“伍修权同志到苏区，任闽粤赣省军区参谋长职务。”落款是中央。

当天伍修权就接受了省军区参谋长的任务。警卫员随即送来红军的粗布军衣，伍修权穿上军装，正了正帽子，反复端详着。他不禁感慨：自己在苏联时一年有几套换季的军服，还有各式西装、衬衫、皮鞋、马靴、大衣，而这套粗布军衣，可是许多同志用鲜血换来的啊。

对当时的情形，伍修权在50年后还记忆犹新，他曾回忆："我为此感到自豪，我得到的东西不知比失去的珍贵了多少倍！"

伍修权上任后执行的第一件事是到重机枪连训练战士使用机枪，教他们学会拆卸和排除故障。这对于从苏联步兵学校出来的伍修权来说简直是小菜一碟了，马克沁重机枪、轻机枪、驳壳枪等十八般武器全不在话下。战士们在他的教导和示范下，很快便掌握了要领。

中央红军第三次反"围剿"在紧张地进行中。苏区3万红军兵力要对付30万敌兵，双方比例是一比十，国民党还有飞机大炮，而红军的主要装备是"老套筒"步枪，每打一枪都要拉栓上膛才能再打。为了配合主力红军作战，闽粤赣军区发起了芦丰战斗，伍修权随同机枪连一起参加了战斗，任务是在实战中教战士瞄准射击，遇到故障迅速排除。

红军的机枪吐着愤怒的火，将敌人顷刻间打倒。"好，打得好！就这样狠狠地揍他个稀巴烂。"战场上的伍修权手痒难熬，他换下机枪手亲自上阵，瞬间子弹一排排地飞出去，弓腰上山的敌人一个个应声而倒。伍修权越打越激动，身子不由自主地向上抬了抬，就在这时，一颗子弹嗖地飞进他的面部左腮处，伍修权倒在地上，昏了过去……

后来，伍修权这样回忆说："敌人一颗子弹击中了我，我被一下子撞倒在地上。恢复知觉后，我浑身上下一摸，没有见到伤口，只觉得左半边脸麻酥酥的，抬手一摸，湿漉漉的，沾了我一手血。

原来敌人的子弹打进了我的左腮。这颗子弹有很长一个时期留在我的咽喉中。想不到我回国第一仗就负了伤，一时觉得有点晦气。继而一想，我仅仅负了一处伤，并没有被一下打死，胳膊腿都完好无损，还能继续参加战斗，不禁为自己庆幸。”

伍修权进入苏区第一仗受伤后，在红军学校担任团政委、汀连军区司令员。1933 年起，为共产国际派来的军事顾问李德担任翻译。新中国成立后，任外交部副部长、中国人民解放军副总参谋长。1997 年病逝于北京。

“伍豪”的神秘之旅

1931年的4月至6月，是中共中央领导机关频遭灾难的时期。党内连续两次出现重大叛变事件，差点给中共的领导核心带来灭顶之灾。

是年4月，中共中央特科负责人顾顺章在武汉被捕叛变，若不是卧底于国民党中央调查科的地下党员钱壮飞及时报信，中共领导机关的绝大多数重要干部就会被敌人一网打尽。

一难方平，又起一难。6月上旬，中共中央政治局主席向忠发在上海被捕。周恩来正组织力量进行营救，不料向忠发在敌人的利诱面前无耻叛党，将包括“伍豪”（即周恩来）在内的许多重要干部的秘密住处供出。千钧一发之际，幸得潜伏在敌人高层密线的报告和周恩来的谨慎细心，周恩来及中央机关才躲过一劫。

此后，中共中央机关在上海的活动范围更加狭小了。共产国际远东局注意到了中共领导机关岌岌可危的处境，决定安排王明前往莫斯科共产国际担任中共代表，周恩来与一批重要干部转往赣南、闽西的中央苏区。在此前一年，周恩来被任命为苏区中央局书记，与毛泽东、朱德等一同指挥中央苏区的反“围剿”战争。

第三章　移　植

周恩来密离上海，前往数千里外、中途被敌人层层封锁的中央苏区，这绝非易事。中央苏区与上海之间的数千里路程，虽然有了一条站站相连的交通线，在此前也通过这条交通线把一些干部护送到苏区去，但当时情形又发生了不同于前的变化。这就是国民党正以 30 万大军在中央苏区实行第三次“围剿”，带来了更加严密的政治与经济封锁。国民党上海、南京的报纸不断刊出文章，宣称：“对赤区四周的围困封锁，务必切实执行，这一点与作战同等紧要！必须做到‘使敌无粒米勺水之接济，无一人一蚁之通过’，无论大小通道、隘口险处均设立碉堡和岗哨，绝对禁止任何人进入赤区。”

如何保证周恩来安全抵达中央苏区，被提到了以博古为总负责人的政治局会议上。博古对此事予以极大重视，他用手扶了扶眼镜架，沉着有力地说：“伍豪同志的安全，一定要百分之百保证！此事由吴德峰同志全权负责！”

中共中央交通局局长吴德峰在接到派人护送伍豪的任务后，不禁陷入沉重之中。

早在大革命时期就出任国民党武汉市公安局局长，后来从河南省委奉调到中央主持交通局工作的吴德峰，何尝不清楚从上海通往中央苏区的这一交通线的各种情形呢？这条交通线有数千里路程，其间有水路、陆路，沿途的码头、港口、城镇，敌军搜查严格，不准一个可疑之人进入苏区。特别是在红白交界的地段，把守得更为严密，所有的交通要道、隘口险处都是碉堡、岗哨密布，还有反动民团不分昼夜巡逻。这种穿越敌占区越发困难的情形，此前已经由闽西苏区的几个交通站写成材料报到了中央交通局。

经过几天的思考，吴德峰决定向闽西交通站发出通知，要该站的负责人赶来上海，专程报告交通站的工作情况。

9月中旬，炎夏初退。大埔交通中站站长卢伟良匆匆从青溪赶到上海，按广东省委同志的安排，找到英国租界的一间旅馆，便忙着写了给联络地点的信。

不久，按约定暗号，旅馆房门间隔被敲响了三下。门开了，中央交通局局长吴德峰进入房间。

“伟良同志，我是来接你去找伍豪同志的。”卢伟良赶忙站立起来，随同吴德峰到法租界一幢三层楼内面见伍豪。

“伍豪”是周恩来的化名。身穿白竹纱唐装的周恩来和夫人邓颖超坐在卢伟良对面聊了起来。

“上海坐船到香港、汕头、闽西，沿途情况如何？”周恩来细心问道。

“由上海到香港，再转汕头，都是轮船。还有一趟是上海直接到汕头，这条船较小，不大好坐，但检查比较简单。到了汕头搭乘小火车，三个钟头就可以到潮州，当日有船到大埔。大埔到青溪可以坐我们自己的船。青溪开始便是走山路进入闽西了。”

周恩来认真了解了沿途乘船和火车的时间，仔细询问检查是否严格、敌人驻军情况，以及山路行走的路线、敌人封锁区情况、能否绕开封锁区进入闽西等问题后，对卢伟良说：“谢谢你的介绍。”

几天后，周恩来派吴德峰带两位同志随卢伟良到闽西，对沿途路线作进一步侦察。

卢伟良自1930年起便开始往返穿梭于香港、上海之间，秘密护送了众多党的领导干部和党的秘密文件等，为党的事业做出了巨大的贡献。

中央交通局此番对于闽西各个交通站的工作是满意的。因为在这之前，已经有十多位党的重要干部通过这条交通线，从上海安全抵达了中央苏区。但这次要完成中央政治局交办的任务，把伍豪安全送达苏区，显然要艰难得多。为慎重起见，只有把各种情况，尤其是一些过去没考虑到的敌情了解清楚，才便于制订详细的方案。吴德峰对汕头、永定等地的国民党军驻扎、关卡盘查等情况向卢伟良作了询问，目光落在这个肤色黑红的广东汉子身上，声音不高地发问：

"伟良同志，中央要派一位重要领导同志到苏区去，对于护送工作你们有绝对把握吗？"

卢伟良在心里重复了"绝对把握"四个字，略为停顿后，还是把头点了一下："当然有！"

"这就好，首先要确立这样的信心，才能制定安全、可靠的行动方案。"吴德峰说到这里又加以补充："所以我们要把情况摸得清清楚楚，了如指掌才行。"

几天后，吴德峰带着中央交通局的一名交通员按照与卢伟良商定的路线，来回用了近20天时间，作了一次沿途实地考察，并亲自出马打前站，足见中央对此次护送任务是何等的重视。

周恩来的苏区之旅终于成行了，时间是1931年12月上旬。行程路线是从上海乘小轮船直抵汕头，而后乘小火车至潮州，当日再乘船到大埔，下船即乘船往青溪，乘夜到多宝坑交通小站住，再乘夜通过敌人封锁线，进入闽西。护送他离开上海的是中央交通局的交通员肖桂昌和邱延林，邱的外号叫"小广东"。

深冬的上海，凛冽的寒风夹着细雨，吹打在黄浦江上。这天吃过早饭后，周恩来由肖桂昌和邱延林护送，走上了停泊在上海十六铺码头的一艘小火轮。

此刻的周恩来完全是一副洋厂工人的装束：头戴鸭舌帽，身穿藏青色对襟哔叽呢上衣和中式裤子，脚上是翻毛皮鞋，脸颊上蓄着足有寸把长的胡须。为了这长须，吴德峰早在几个月前就要求周恩来蓄须，以掩饰那张充满睿智的剑眉俊脸。此外，吴德峰还特意为周恩来备了一顶鸭舌帽，交代他把帽檐压低些。

这身装扮，根本没人会把他与中共中央军委书记、苏区中央局书记的身份联系起来。周恩来离沪时应该如何装扮，这是吴德峰曾经反复考虑的问题。以周恩来的作为和影响，认识他的人为数不少，不对他俊逸洒脱的相貌下一番工夫来改变，后果将不堪设想。

从上海到汕头的小火轮客货混装，不能驶入大海，只能沿着海岸线航行。将近六天的海上颠簸，令还不适应坐船的周恩来备受晕船、呕吐的煎熬。

几声鸣笛，轮船已靠在码头，船上顿时骚动起来，人们纷纷拿着自己的行李准备下船。交通员“小广东”机警地环视了码头的情况，提起行李随周恩来下船。上了码头，周恩来便看到几个身穿黑衫的汉子，装着接客的模样在人群里穿梭，明白那是国民党的侦探特务，看来敌人对汕头的警戒与上海差不多，这让他更加提高了警觉。从交通站派出的交通员早已等候在码头上，他们密切注视着周围的一切动静，见周恩来一行上了码头，便张罗由当地党组织安排的三辆人力车随即靠上，招呼他们坐上后迅速离去。

下了人力车，一个身材魁梧的商人迎了过来，与“小广东”打招呼。邱延林见前后没人跟着，压低声音对周恩来说：“他是陈彭年。”周恩来点了点头，跟着这位中共汕头交通站的站长，向一家旅社——金陵旅馆走去。这个旅馆是绝密交通站的一个住宿点。

在陈彭年办理住宿登记手续时，一旁不动声色观察四周的周恩来突然将目光停在右边墙上挂着的一幅大照片上：那是 1925 年汕头各界民众代表欢迎黄埔学生军大会的合影，正当中站着的不就是他自己吗！他双眉一皱，立即抓住“小广东”的手，让他把陈彭年叫过来。走到门口，周恩来对陈彭年轻声说道：“这里不安全，我们换个地方住吧。”

陈彭年不解地说：“这个旅社的老板跟我熟，不会有问题的。”

周恩来没有说出理由，只是严肃地说：“听我的，我们换个地方住。”

于是，陈彭年带着一行人走进一条叫棉安街的僻静小街，住进了一家小旅社。这是当年镇守潮汕的国民党军队独立第二师师长张瑞贵开的私人小旅社，地痞、流氓一般不敢去骚扰，连警察每晚例行的“查夜”都从不涉足。落脚在这，安全系数是很高的。

周恩来一行只在这里住了一夜，第二天清晨便由肖桂昌和另一个叫黄华的交通员护送，上了汕头到潮安的小火车。

黄华买的是二等车厢的车票，没想到上车后，发现二等车厢里只有他们三人，显然太招人注意了。周恩来一看不对头，连忙走进三等车厢，找了个空位坐下来。这三等车厢内人多又杂，肖桂昌和黄华怕出事，一直守在周恩来身边，警惕地观察四周的动静。

坐了一会，见报童过来，周恩来便买了一份报纸，他已经有好多天没有看报纸了。报上的一则消息吸引了他：“蒋介石已于 12 月 15 日通电下野……”

“先生，你说老蒋这次下野，会不会像四年前那次，玩弄以退为进的把戏？”旁边一位刚才还蒙头打瞌睡的中年男子侧着身子搭讪。

周恩来愣了一下，没想到这人会跟自己聊这样的话题。他淡淡一笑，摇了摇头：“先生，我是生意人，对政治一向不感兴趣。”“你不是一直在看报纸吗？”那人又问。

“噢，我不过是随意浏览一下。”周恩来做出漫不经心的样子，将目光移向报纸的广告栏。

那人讨了个没趣，讪讪地起身离去。

说话间，检票的人过来了，周恩来大吃一惊。事有凑巧，这检票员竟是 1925 年东征时的一个铁路工人，还曾到东江行政专员公署向周恩来请示过工作。周恩来认得他，怕他也认出自己来，连忙把鸭舌帽拉得低低的，扭过头去看窗外。

肖桂昌注意到了这一情况，赶紧站起来把周恩来挡住，顺手将车票递过去。

“先生，你们的票座位在那边，请你们到那边去。”检票人指了指二等车厢，要他们到那边去。

“好，好，我们就去。”肖桂昌答应着，见那人走了，又坐了下来。

从汕头到潮安只有几十公里路程，一个上午就到了。下一站是粤、闽边境的大埔县。周恩来一行乘坐从潮安到大埔的电船，这次买的是船尾的小厢房票，一上船就关起门为周恩来化装。肖桂昌取出行装，给周恩来换了衣服，又背上画夹，还把一些作画的颜料涂在他身上，短短几分钟时间，周恩来扮成了画像师。为保险起见，还给他的画夹里装了几张人物肖像和风光速写。

第三章　移　植

设在青溪的大埔交通中站早已准备好两只船去接从上海来的“客人”，船头那醒目的竹帽挂在上面。小火轮刚抛下锚，余永菊的小船几乎同时靠了过来。

眼尖的交通员肖桂昌见挂有竹帽的船已靠过来，即刻做了个手势，便带着一个画师模样的人来到木船上。余永菊迅速取下竹帽，将撑杆向上一举，这是他们商量好的暗语，另一只船也随即取下竹帽，两只船一前一后地保持距离往青溪方向奋力划去。

傍晚时分，护送的两条船顺利抵达沙岗头码头，来客很快被接到永丰客栈。至于这次护送的干部是谁都不知道，就是有人认识，也不能说更不能问。这是交通员铁一般的纪律。直到新中国成立后，一次周恩来问起邹日祥、江崔英夫妇的情况时，他们才恍然大悟原来那年护送的干部是开国总理周恩来。

周恩来上岸后几个来接应的武装交通员等候在那里，走近后见是个身材魁梧的青年，想了想，兴奋地叫：“小卢！”

“伍豪同志！是你呀！”卢伟良也惊喜地叫起来。

四个月前，卢伟良曾到上海向吴德峰报告交通站的工作，只知道要护送一位中央领导前往中央苏区，没想到来的竟是周恩来。这时，他欣喜地对周恩来说：“伍豪同志，您这身打扮，刚才连我都认不出来了！”

周恩来说：“要是你一眼就认出来，我也到不了这里了！”听周恩来这么一说，大家都笑了。

到青溪时天已经暗下来了。卢伟良说：“伍豪同志，我们不能在这里多停留，还要再走一段路，到多宝坑过夜。”

晚饭后，天渐渐暗了下来。10 点钟左右，交通站的六位武装交通员由肖桂昌带领，护送周恩来往闽西方向进发。

因闽西乡村有不少基督教徒，肖桂昌和黄华按事先商定的方案，将周恩来化装成传教士模样进入苏区。这样，可以更好地掩人耳目。

夜幕下，化装成传教士的周恩来留着浓浓的大胡子，穿着长长的黑衫，胸前一闪一闪的十字架格外醒目。一行人还统一了说辞，遇有敌人盘查，就说要送传教士去长汀福音医院。

从青溪摸黑走了十多里崎岖山路，眼前隐隐约约出现了一个有十几户人家的小村庄，肖桂昌告诉周恩来，到多宝坑了，这里有交通站的一个小站，站里的交通员是一对年轻夫妇，男的叫邹日祥，女的叫江崔英，都是本地人，政治上可靠，当晚就住在他们家。

“同志们一路辛苦啦，快坐下歇歇。”邹日祥一边热情的招呼，一边给客人端上糖开水。

周恩来接过水坐下，问道：“你是邹日祥同志吧？江崔英同志呢？”

被周恩来这么一问，邹日祥愣住了，心想：奇怪，这位干部刚来怎么会知道我和老婆的名字？容不得他多想什么，赶紧回答说：“噢，她到外面买东西，马上就回来。”

原来，夫妇两人知道当天有重要干部住在他家，提早就做了准备，还特意宰了鸭。不久，江崔英回到家，见屋里坐满客人，招呼一声便到灶房去了。

约过一个时辰，江崔英端出一大碗香喷喷的鸭肉，还有荠菜炒鸭内脏、焖芋头，一并摆在四方桌上。“同志们都饿坏了吧，快趁热吃。”

“这鸭煮得好香啊，”周恩来微笑着说，又问邹日祥：“你怎么能够把鸭杀了呢？”

“山里买不到肉，总不能让客人吃素呀。”

“你护送过多少人去苏区？”周恩来问。

“来来往往那么多人，记不清了。”

“那你家养了多少鸭？”

“最多的时候有八九只。”

“如果到你家来住的客人都杀鸭招待，你养得再多也不够吃呀！”

大家听后都笑了起来，邹日祥红着脸不知道怎样回答好。一旁站着的江崔英赶忙接话替丈夫解围：“来的都是客，先到先吃，鸭子吃完了，后面来的客人就吃鸭蛋呗。”

“好厉害的夫人啊！来，大家坐下一块吃。”周恩来让江崔英一并坐下，有说有笑地吃着丰盛的晚宴。

当晚，周恩来和交通员在邹日祥家的谷仓中度过了一夜。

第二天傍晚，太阳慢慢西沉，晚霞映照着整个多宝坑，四处的山、树、水、村庄都笼罩在一片金灿灿的霞光中。肖桂昌同青溪交通中站的几个交通员商议一番后，决定采取“白马露蹄”的方法护送周恩来继续前行。“白马露蹄”是交通站的暗语，意思是护送途中，前面派个妇女探路，如果她低头向前直走，就是有情况；如果她一边走，一边回头看，就是平安无事。

夜幕降临，家家户户逐渐亮起灯光。从邹日祥家走出一个年轻女子，头包彩巾，身着花布大襟衫，手上拎着个小包袱，朝铁坑方向走去。周恩来、肖桂昌、邹日祥三人随后跟了上去。半个多钟头后，他们顺利抵达铁坑交通小站。邹日祥和江崔英完成护送任务，把接下来的护送任务交给交通员赖德胜、郑启彬二人。周恩来幽默地对邹日祥、江崔英夫妇说："今天是你扮媳妇，我走娘家，中央苏区就是我的娘家。"说得大伙哈哈笑了起来。

铁坑与闽西苏区相邻，是赤白交界之地。这一带有几股土匪，常有杀人抢劫之事发生，国民党在龙冈寨附近筑有三个碉堡，设有四道关卡哨所。因路线复杂，要绕过这些封锁点，是需要极费心机的。交通员领着牧师装扮的周恩来一路摸黑前进，经过牛寨不久便来到敌人封锁严密的龙冈寨。六个武装交通护送员操枪埋伏在碉堡壕沟旁，注视着敌人的动静，一旦目标暴露，便使用火力掩护一行人穿过封锁线。幸运的是，敌人并未发现他们。于是，周恩来、肖桂昌在郑启彬、赖德胜的带领下，沿着陡峭的山路绕过封锁线，穿过伯公凹，进入永定的桃坑。此时已是半夜子时了。

夜色下，几个黑影闪进了桃坑，交通小站的站长邱辉如早已在此处等候。只见传教士打扮的周恩来取出一张纸交给邱辉如。邱辉如打开一看，只是空白草纸一张。

"用水湿湿就行了。看后烤干还给我。"周恩来说道。邱辉如将纸放在脸盆水中，草纸很快显出两行字，上行三个字"上香汕"，下行四个字"伍豪行区"。邱辉如看后惊喜地望向周恩来，激动地说："您，您就是伍豪同志！"

肖桂昌走过来在邱辉如肩上轻拍了一下，说道："没错，他就是我们的伍豪同志。"

"太好了，伍豪同志到我们苏区来了！"

1931 年 12 月上旬，周恩来离开了工作多年的上海，秘密穿越国民党统治区，前后历时近一个月，安全进入中央苏区。

就这样，周恩来安全到达闽西苏区的永定交通站。在“秋云楼”住了两天短暂休息后，又徒步来到合溪交通中站所在地石塘村。这时，一身传教士打扮的他又变成头戴毡帽、身着长衫的商人了。在这里的两天中，周恩来被邀请到正在召开的永定共青团代表大会上作报告。

当年任共青团永定县委书记，新中国成立后任总参三部部长的戴镜元后来回忆说：“周恩来同志高度重视共青团的工作。他说，共青团是党的助手和后备军，是学习共产主义的学校。在保卫和扩大苏区的斗争中，在学习军事、文化和政治等各项活动中，在发展生产、参军参战各方面，都要充分发挥共青团的突击队作用、先锋模范作用和联系广大青年的桥梁作用。共青团一定要努力学习、学习再学习，为共产主义的实现而奋斗。”

那天晚上，周恩来参加了永定团代会举办的晚会，兴致极高地同代表们唱山歌，还不时用手打着拍子。1950 年，有一次戴镜元乘坐周恩来的汽车时，周恩来还曾回忆说，在合溪参加团代会的情景真有意思。

在闽西永定期间，周恩来发现了闽西“肃清社会民主党”运动的错误和严重后果，当即给中央政治局写了报告：“我入苏区虽只三日，但沿途所经，已认识到闽西解决社会党所带来的恶果是非常严重的。”后来，中央根据周恩来的报告，严肃批评了闽粤赣临时省委在肃反问题上的错误，保护了一大批党和红军的骨干力量。

从合溪交通中站出发，便进入中央苏区的腹地范围了。这时，周恩来一行改骑马，经上杭的大地、白砂，连城的新泉、朋口，顺利抵达福建省委所在地长汀。在长汀的三天时间里，他看到苏区人民大力支援革命的热情，看到商店林立、市场繁荣、航运发达，不由感叹："汀州的繁盛，简直为全国苏区之冠。"

1931 年 12 月 25 日，周恩来在交通员的护送下，骑着枣红大马直奔红都瑞金。毛泽东、朱德、项英、任弼时、王稼祥热情地迎接了周恩来。当日，一道电波传到上海党中央："一路顺风，'伍豪'平安到达'娘家'。"

历经 20 余天的艰辛路程，周恩来结束了上海到闽西、赣南中央苏区的神秘之旅，开始了新的征程。他与毛泽东、朱德聚首在赣南闽西这片神奇的红土地上，掀起了新一轮的革命波澜。

1965 年周恩来到广州视察时，曾问陪同的广东省领导："大埔的多宝坑有个邹日祥，生活好吗？"后来这位领导专程到多宝坑传达此话，邹日祥夫妇当即感动得热泪盈眶："30 多年过去了，周总理他还记得我们啊！当时再苦再累再危险，我们都是心甘情愿的！"

把“洋顾问”接进苏区

1931 年 3 月 27 日的上海，共产国际派出的信使雷利斯基在同中共中央领导人谈话时说道：“我们计划经上海至中央苏区这条路线把外国同志派往中央（苏）区。”

时隔一年后的 1932 年初春，共产国际经挑选，将名叫奥托·布劳恩的德国人派往中国帮助红军打仗，称军事顾问。这个德国人早年参加过德国工人起义，打过街垒战，失败后曾被捕入狱，第一次世界大战后期被俄军俘虏，之后参加了列宁领导的十月社会主义革命。因英勇善战，被提拔为苏联红军骑兵师参谋长，后送入莫斯科伏龙芝军事学院读书。基于这些经历，奥托·布劳恩被选定为中共中央军事顾问。他在中国的名字叫李德。

李德几经周折从莫斯科来到上海。从此，上海党中央的圈子里就多了一位金发碧眼高鼻梁的日耳曼人。在上海，这个从苏联伏龙芝军事学院出来的日耳曼人，平时与早在 1926 年被送入苏联中山大学学习的博古——中共临时中央主要负责人相处甚好，成了博古倚重的人物。1933 年 9 月，中共中央决定将李德送往中央苏区，帮助红军打仗。

9月底的一天深夜，李德拎着手提箱在交通员的暗中护送下，登上了一艘英国海轮。一天一夜后到达汕头，与交通员接上头。

第二天清晨，交通员小李拎着李德的手提箱，一起朝火车站走去。事先他们已商议好，一旦有人盘问李德，就说是旅游者。其他话由小李对答，李德配合就行了。两人顺利地上了汕头至潮安的小火车，不久便到达潮安站了。正当他们往码头方向走去时，突然两名军警拦住了他们的去路，"打开箱子检查！"一名军警端着枪，指着小李的手提箱厉声喝道。

李德深凹的眼睛斜瞄了一眼军警，从箱子里取出护照递了过去。小李凑上前去说："长官，他是德国的考古学家，想考察一下附近的古代寺庙。"军警查看了护照和箱内物品，未发现异常，便做了个放行的示意，大声道："走！"

李德憋了一肚子气从潮安上了小火轮，赶往大埔，途中还算是顺利，没有再出枝节。小火轮抵达大埔茶阳后，小李把这个蓝眼睛高鼻梁的德国人交给另一个交通员，便匆匆向李德告别而去。

宽阔的江面，阵阵秋风吹起的波浪击打着岸边的石头。岸上，不时有渔民匆匆走过。

交通员把李德引到一只系在岸边有倒垂柳叶覆盖的小船，示意他尽快爬进狭窄的船舱。李德愣了一下，也顾不得许多了，硬着头皮挤了进去。

交通员不会英语，只得用手势比划着让他尽量别出声，也不要出来，否则会有危险的。李德支支吾吾地点头表示明白。

船舱内仅有船板间的一条缝隙透进光线，低窄的舱内连挺起身子都难，只能曲身躺着。李德一人躺在船舱内强忍着，不敢发出声音，不由得陷入一阵烦躁。

第二天，李德憋得有些受不住了。想起自己第一次世界大战后期被俘关在监狱的情景，也不至于到这等地步……

直到第三天傍晚，船舱上“咚咚咚”敲了三响，昏昏沉沉的李德知道这是交通员来了。交通员给他递进几个地瓜和一竹筒的稀饭，并示意过一会儿就可以出发了。已是饥肠辘辘的李德，狼吞虎咽一番后，脸上露出了难得一见的笑容。船由一只小电船拖行着往青溪方向驶去，船夫们在船舱板上来回忙碌着。突然间停了下来，一阵嘈杂的吆喝声传来：“船上有什么货？”原来是军警巡江登船检查。

“老总，船上装了些日杂货。”

领头的军警问交通员：“你是干什么的？”

交通员马上递上烟去：“老总，我是拉日杂货去青溪卖的，来来，抽支烟。”同时迅即塞了钞票给他。见钱眼开的领头军警见舱口散落着一些碎炭，怕进去舱内脏了那身笔挺的军服，便挥了挥手，示意放行。

天色渐渐暗了下来。船夫们这时唱起了山歌：

日头落山天变暗啰，郎的心里好孤单哟。
不晓阿妹有情意耶，快跟郎来诉衷肠哩。

在汕头水域，沿途还遇到了两次巡江军警的检查，机警的交通员都有惊无险地打发了过去。每次一停船，趴在舱内的李德都是手捂嘴巴，憋着气不敢发出一点动静。

船驶进青溪地界，属于较安全地带了。交通员敲了三下舱板，掀开盖板示意李德爬出舱来。李德双手揉着眼睛，吃力地爬出船舱，直了直腰，深深地吸了几口气，倚靠在船桅上享受水面上吹来的阵阵清风，

谁知好景不长，忽然，前面那只护送小船又遇上了敌人的税卡检查。远远望去，只见一群税警正在与船上的人争吵拉扯，交通员以为是发生了意外，当即按事先商议好的办法，向后打了个手势，示意李德跳水。李德立即从船尾跳入水中潜游。几分钟后，前面两只小船终于摆脱了税警的纠缠，重新起航前行。

一场虚惊总算又过去了。

前面星星点点闪烁的灯光越来越近，转眼间，船已来到青溪的沙岗头。夜幕下，小船停靠在码头，几个黑影悄悄地闪动着，进了离码头不远的房子里，顿时屋内喧哗起来，大家相互握手致意。

几个腰间插着两把驳壳枪的武装交通员前后护卫着李德，这是李德第一次见到中国工农红军战士。“好威武的红军同志啊！”李德心里充满着敬慕之情。

李德一行被安排在永丰客栈住下来。这里的小阁楼、床铺、桌椅、炉灶，在他眼里都显得格外别致。房外是奔流的汀江水，大船、小船、竹排在欢快的山歌声中来回穿梭，一切都是那样富有东方的神秘色彩。

交通员告诉李德在这里要停留一天，第二天晚上才出发进入苏区。

这个夜晚，疲惫的李德终于睡了个安稳觉，他睡得是那么香沉。

第二天的夜晚，李德在一个班的武装交通员的护送下又悄悄出发了。他在胸前点了个“十”字，祈祷自己能够平安进入苏区。

这晚似乎较为顺利，走了好长一段路程都没有发生任何麻烦。李德正暗自庆幸之时，突然，从 10 米开外的路边灌木丛中蹿出一只野猪，朝路的另一侧狂奔而去。李德被突如其来的声响一惊，滑倒坐在山坡上。交通员判断，应该是老虎在追猎野猪。于是，几名交通员随即围住李德，全力保护着这位洋顾问……

就这样，走走停停地又在国民党的封锁区绕行了两个夜晚。由于李德从没走过山路，隔三差五的摔跤，缓慢的行走影响着护送队伍前进的速度。后来，护送的交通员想了个办法，把几件衣服撕成布条，绑在他的腰间。上山的时候，一个人在前面拉，一个人在后头扶。下山的时候，一个人拉着布条在后头拽着，一个人在前面扶着。

艰难地走了一程又一程，一行人终于走到一个较为开阔的地带。

保卫局执行科长卓雄受闽粤赣省委委派，带了一个营的兵力在这里等候。当时卓雄受命的指令是："不惜一切代价，就是背着抬着也必须把人完好无损地接回苏区"。

历经十多天的坎坷艰辛，李德终于进入中央苏区，来到闽粤赣省委所在地——永定县虎岗乡。省委书记邓发热情地接待了这位"洋顾问"，还特意找了几个会俄语的干部陪同他。

至此，李德安全地进入了由毛泽东、朱德等人经过五年艰辛开辟的中央苏区。

此时国民党蒋介石对中央苏区的大规模军事围剿已开始两个月了。李德的到来，虽怀有帮助中国人民解放事业的良好愿望，但他错误的干预和指挥却导致反"围剿"作战连连失利，致使红军被迫进行战略转移退出中央苏区。

陪“表姐”找“表姐夫”

1932 年，一 · 二八事变爆发，十九路军在上海对日抗战后不久，闽西交通大站的站长李沛群接到命令：“速前往汕头接要客。”

李沛群，1908 年 5 月生，广东饶平隆西村人。18 岁那年加入了中国共产党，参加过省港大罢工和广州起义，1928 年被选调为广东省委交通员，不久便被调入中央任交通员。1931 年 4 月调闽西交通大站任站长。

接下命令，凭着多年地下工作的灵敏嗅觉，李沛群知道又有重要领导干部要护送了。他二话没说，即刻化装成商人穿过封锁线，如期赶到汕头。

走出码头，见没有人接应他，李沛群径直赶往汕头富林旅社，在房间等待接头，但一天过去了，却毫无音讯。

第二天还是无人与他接头。“难道出了什么问题？”李沛群心里着急，却丝毫不敢表现出来。白天，他插空对周边进行侦察；晚上，装作悠闲的样子躺在竹椅上。

第三天白天，还是没有动静。李沛群心想：再等一个晚上，如果依然不见接头，势必是出意外了，就不能再在这里待了。

天，慢慢地沉了下来，一个头戴礼帽、手执文明棍、老板模样的高个子走进旅社。只见他身材魁梧，气度不凡。旅社老板见来人颇有来头，忙迎上前去毕恭毕敬地行礼问好。来人把手一挥，便径直上了三楼，在李沛群住的房门前停了下来。

"笃，笃笃。"来人在门上一长两短连敲九下。

听到接头暗号，李沛群迅速起身打开房门。"沛群同志，让你久等了。门口有车候着，我们马上出发。"来人便是汕头交通站站长陈彭年。李沛群随即跟他下了楼，车子从海滨路一拐便消失在巷尾。

"我是陈彭年，专门来接应你的。前几天出了叛徒，为防意外，我们已经在这里观察三天了，让你受惊久等了。其实你下码头后的情况，我们都清楚。不急于与你接头，主要是怕出问题。这也是工作的需要，所以到现在才与你接头。"

"只要能圆满完成任务，再等三天也不算什么。"李沛群爽声应道。

人力车在金陵旅社门前停了下来。"到了，做好准备，注意动静。"陈彭年带着命令的口吻说。

上了二楼，房门打开一看，才知道这次要护送的是邓颖超。早年大革命时期在广州开会时，李沛群经常见她。那时邓颖超和蔡畅都是广东省妇女解放协会的负责人，而李沛群当时在中共广州市手车夫支部工作，负责组织工人赤卫队，准备广州起义。

"邓大姐，您好！"

"这不是手车夫支部的李同志吗？多年不见面，你还是老样子哟。看来，我们很有革命缘分啊！"邓颖超亲切地同李沛群打着招呼。

落座后，李沛群向邓颖超扼要汇报了苏区近来开展反"围剿"及地下交通工作的一些情况。转眼间，已是月上枝头。陈彭年看了看表，起身对邓颖超说："哦，都快12点了，时间不早了，您早些休息吧。车票已买好明天上午8点半的，明早我再来接您。"

邓颖超起身与陈彭年、李沛群握手告别。在陈彭年的安排下，约好第二天上午8点在汕头火车站见面。

汕头火车站人头攒动，人来车往。叫卖声、汽车声、火车的汽笛声响成一团，显得极为嘈杂。

李沛群坐着人力车到了火车站，一会儿，汕头交通站的罗贵昆护送邓颖超也来到候车室。这时的邓颖超穿着蓝色大襟衫，头发盘成一个髻，打扮成客家商人太太模样。李沛群也是一身生意人的打扮。按前一晚商定的意见，让邓颖超和李沛群化装成表姐弟，如过封锁线遇敌人盘问，则称表弟陪表姐去找其夫。

与邓颖超同行的还有项德芬和她的丈夫余长生，项德芬的哥哥是时任中华苏维埃共和国临时中央政府副主席的项英。他们都化装成回娘家走亲戚的小商人模样。李沛群领着邓颖超一行顺利上了往潮州的火车。按行动安排，他们装作互不相识，只是默默地相视着。

火车很快就到潮州了。交通员一下火车便直奔码头买了小电船票，一行人在潮州东门的韩江边码头登上了前往大埔的船。看着前方依稀可见的大埔，邓颖超猛然勾起了一阵唏嘘。她回想起当年在汕头时与任汕头妇女协会副会长吴文兰一同到大埔开展革命活动的情形。一晃六年过去了，早已物是人非，昔日的战友吴文兰在几年前惨遭国民党右派杀害。想到这，邓颖超尽力克制住自己的情绪。

小电船徐徐进入大埔三河坝。在这里，朱德当年曾率八一南昌起义军与敌人激战。此战后不久，便率余部与毛泽东率领的秋收起义军在井冈山会师。怀着对朱老总的敬意之情，邓颖超频频回望着三河坝的一草一木。

船驶入滔滔奔涌的汀江，两岸翠绿的山林掩映在水面上。小电船在水中划出一道道白白的浪花，忽绿忽白，格外耀眼。

黄昏时刻，小电船抵达大埔北部的小镇茶阳。四一二反革命政变后，这里成为国民党右派在粤北的政治、经济中心，也是军事咽喉地带，中共大埔县委也设在此地。船靠近码头，来迎接的两只小船早已一前一后等候在码头。时任大埔交通中站站长的杨现邻手持竹竿、头戴草帽，扮成船老大伫立在前船船头。李沛群见船头上挂着竹帽子，知道是自家人的船，便机警地张罗邓颖超一行上了他们的小船。

小船正欲驶离，一名岸边巡逻的警察突然过来，用枪指着邓颖超、李沛群二人喝道："你们干什么去？这位太太好面生嘛！"

邓颖超从容地用地道的广州话说了一通。这个警察听不懂广州话，正要发火，一旁的杨现邻赶紧靠上前解释，说他们是表姐弟，这位太太家在广州，丈夫在福建做烟丝生意，好几个月没跟家里联系了，特地要表弟陪她到福建去找丈夫。

杨现邻边说边塞了盒香烟过去，那位警察见看不出什么破绽，便将盒子枪收起往肩上一挂，顺水推舟地说了一句："那就快去找吧。哈哈，听说很多生意人到福建那边后都讨了小老婆了。"

才打发走那位警察，突然下起了倾盆大雨，江水上涨，风浪越来越大。李沛群见此恶劣天气，决定大家夜宿在小船上，待第二天再出发。就这样，邓颖超一行人在敌人巡逻兵的游视中度过了一个有惊无险的夜晚。

清晨，江面上风浪小了。李沛群挥了挥手："出发！"即刻，两只小船似离弦的箭快速驶了出去。

三十多里的航程，不到两个时辰，船便到了青溪。离码头几十步远的永丰客栈，是大埔交通中站所在地。邓颖超在李沛群的引领下来到客栈，交通员郑启彬、雷德兴和八九个化装成农民的武装交通员等候在这里。

一行人吃了些鲜鱼煮粥后，趁着夜色往永定方向赶去。从青溪到永定的这段路程，全是崎岖的山路。经过一夜的奔走，一行人黎明时分到达了多宝坑，在周恩来曾住过的交通小站——邹日祥、江崔英夫妇家里，邓颖超他们受到了热情接待。在烽火连天的战争岁月，邹日祥夫妇先后接待过周恩来、邓颖超，但却不知他们是夫妻，也不知道他们的真实身份，这是多么令人感慨的传奇故事。

在多宝坑，邓颖超度过了一个白天，就住在周恩来曾睡过的谷仓里。到了傍晚，她们匆匆吃过晚饭，便沿着崎岖的山路吃力前行。二十多里路竟走了近五个钟头，直到凌晨才到铁坑交通小站，李沛群和杨现邻决定白天就在这里休息。待天色暗下来，他们便出发直奔永定桃坑交通小站。只有到了桃坑，才算是进入安全地界。

从铁坑出发不久，下起了大雨。崎岖的山路变得泥泞不堪，路越发难行。从没走过这样的路的邓颖超硬是咬着牙，跟着大家跌跌撞撞地往前赶。走了二十余里路，终于来到了上伯公凹。一位叫邹清仁的交通员接到有“客人”路过的通知后，在雨夜中等待他们足足有十几个小时了。邓颖超一行谁也没想到，就在前不久，眼前这位热情的交通员的多位家人都被国民党反动派残忍地杀害了。

午夜过后，邓颖超等人到了下伯公凹，接上关系后，邹清仁便带着他们绕道走在早已侦察清楚、没有敌人哨卡的山林间。一道闪电让邹清仁看见邓颖超连雨具也没有，赶紧取下自己头上的斗笠戴在邓大姐的头上。

在邹清仁的引领下，邓颖超一行沿着陡峭的山崖，穿过茂密的森林，终于登上了上伯公凹的莲花湖山。

莲花湖山顶上，朝前是福建省的闽西地区，往后是广东省的梅州地区。邓颖超等人在山顶上伫立了一会，想到很快就能见到分别四个多月的丈夫，一股眷念之情涌上心头，疲惫的她不觉加快了脚步，紧紧跟在交通员后面。

在李沛群的精心安排和护送下，1932 年 5 月 1 日国际劳动节这一天，邓颖超历经 20 余天的艰辛历程，安全到达闽西汀州。不久，与指挥红军东路军进漳州作战的丈夫周恩来相聚。进入瑞金后，邓颖超任中共苏区中央局秘书长，与周恩来并肩战斗在中央苏区。新中国成立后，邓颖超才知道当年在多宝坑住过的那个谷仓周恩来也住过，并知道了交通站江崔英宰鸭招待周恩来的故事，令她感慨不已。

李沛群后来参加了二万五千里长征，任干部连支部组织委员。抗战开始后，他又干起老本行，从事党的地下工作，长期活动在国民党反动派和日本帝国主义占领的统治区，出生入死，屡立奇功。新中国成立后，在广东省劳动局农机局等部门工作，“文革”期间遭迫害，1983 年离休，1991 年 6 月在广州逝世。

一批中共精英露面“红都”

1931 年 9 月底，中央苏区红军的第三次反“围剿”，又以歼灭国民党 3 个半师、击溃 5 个师的战绩获得胜利。军事的获胜有力推动着红色区域的扩展。到了这个时候，赣南、闽西革命根据地已经连成一片，拥有 450 多万人、8.4 万平方公里，成为全国最大的一块革命根据地。中央苏区的巩固，前方战事的暂时告一段落，使得中共中央和苏区中央局都开始考虑召开中华苏维埃第一次全国代表大会的事情。

几乎所有中国共产党人翘首以盼的大喜日子来临了。1931 年 11 月 7 日，在瑞金一个僻静而秀丽的村庄——叶坪，中华苏维埃第一次全国代表大会隆重召开。

人们惊喜地注意到，在中央苏区可以看到一些高级领导干部和文化、经济、艺术等领域的一些新面孔。在中华苏维埃临时共和国建立前后的时间里，这些人大都是因上海白色恐怖不断升级，由中共中央从上海派过来的。他们都是党政军精英人物，被充实到中央苏区的军事、政治、文化等各方面的管理中。他们也都是在红色交通员的精心护送下，通过上海至中央苏区的这条秘密交通线，源源不断地输送到闽西、赣南中央苏区的。

中共中央往中央苏区和红军中输送干部，较大规模的主要有三次：

第一次是1930年冬至1931年1月，是时革命形势很好，在毛泽东“工农武装割据”思想的影响下，中共在南方各省开辟了多块革命根据地。为了巩固、壮大革命根据地和红军力量，党中央决定抽调一批干部到苏区加强领导，计100余人，其中有从苏联留学回国的几十人。他们是叶剑英、任弼时、项英、王稼祥、徐特立、欧阳钦、张爱萍、萧劲光、李卓然、王观澜、李伯钊、危拱之、邓发等。

叶剑英进入中央苏区后，任中央革命军事委员会参谋部部长（即总课长），抗战时期任八路军参谋长及中央军委参谋长。新中国成立后被授予元帅军衔，曾任中央政治局委员、全国人大常委会委员长，中央军委副主席。

新中国成立后任赤峰市委书记的危拱之，是一位能文能武的女将，她于1929年赴苏联学习，两年后回国进入中央苏区，任中央军事政治学校教员，苏维埃中央政府办公厅秘书兼俱乐部主任，工农剧社副社长，军委干部团总务科长。

新中国成立后任外交部副部长、驻苏联大使、中央对外联络部部长、中共第八届中央书记处书记的王稼祥，于1925年赴苏联学习，1930年2月回国，一年后进入中央苏区，任中共苏区中央局委员，中央执行委员，人民委员会外交委员（即外交部长），中央革命军事委员会副主席兼总政治部主任。在遵义会议上，坚决支持毛泽东的主张，对确立毛泽东在中共中央和红军中的领导地位起到了重要作用。

新中国成立后任东北行政委员会副主席、中央宣传部副部长的李卓然，1926年赴苏联学习，1930年回国后进入中央苏区，任中央革命军事委员会直属队总支书记、毛泽东办公室主任、苏区中央局代秘书长、红一军团政治部主任、红军前敌总指挥部政治部副主任。

新中国成立后任中央宣传部副部长的徐特立，1913年在湖南第一师范任教，曾是毛泽东的老师，他参加了南昌起义，1928年到苏联中山大学学习，1930年回国后于年底进入中央苏区。1931年11月被选为苏维埃临时中央政府中央执行委员，任中华苏维埃共和国临时中央政府教育部代部长，兼任师资训练班校长、中华苏维埃大学副校长。翌年“二苏大”再次当选为苏维埃中央执行委员。

新中国成立后被授予上将军衔，任总参谋部副总参谋长、国防部长、第六届全国人大常委会委员的张爱萍，1929年冬进入闽西苏区，任共青团闽西特委宣传部长、少共（共青团）中央局秘书长、中华苏维埃中央执行委员会候补委员、红三军团第4师12团政委。

新中国成立后被授予大将，任海军司令员、国防部副部长、第五届全国人大常委会副委员长的萧劲光，曾两次赴苏联学习，1930年回国后进入中央苏区，任闽粤赣边区红军学校校长、闽粤赣军区参谋长兼政治部主任、彭杨步兵学校校长、中央军事政治学校校长、建（宁）黎（川）泰（宁）警备区司令兼政治委员、红五军团政治委员、红七军团政治委员、闽赣军区司令兼政治委员。

参加过广州起义的邓发，1930年11月进入中央苏区。他从中共广州市委书记、香港市委书记、广东省委组织部长任上调任中共闽粤赣苏区特委书记、军委主席，并兼任闽粤赣军区司令员和政治委员。1931年5月任中共闽粤赣省委书记，9月任中共苏区中央局委员、苏区中央局政治保卫处长。1931年11月在“一苏大”上当选为中华苏维埃临时中央政府执行委员会委员，任国家政治保卫局局长。

新中国成立后任中共中央农村工作部副部长的王观澜，1927 年在莫斯科东方大学军事班和列宁学院学习了 4 年，1930 年回国，翌年进入中央苏区，任中共闽粤赣省委宣传部代部长兼闽粤赣军委会宣传部长、组织部长，同年秋兼任中共杭武县委书记、汀连县委书记。不久调中共苏区中央局，协助王稼祥编辑中央局机关刊物《战斗》，同时筹备创办临时中央政府机关报《红色中华》，任主笔。

新中国成立后任中共北京市委文委书记、中央戏剧学院副院长、党委书记的李伯钊，于 1925 年冬赴苏联莫斯科中山大学学习，1930 年冬回国。1931 年加入中国共产党，同年到闽西革命根据地任闽粤赣军区政治部宣传科长兼彭杨军政学校政治教员，后任《红色中华》报编辑兼校对。1932 年创办了蓝衫团戏剧学校，任教务主任、校长，临时中央政府教育部艺术局局长。

项英，1920 年从事工人运动，1922 年 4 月加入中国共产党，任京汉铁路总工会总干事、中共中央职工运动委员会书记、中华全国总工会委员长，参与领导二七大罢工，中共六届一中全会上当选为中央政治局委员、常务委员。1930 年 8 月任长江局书记，同年 12 月进入中央苏区，任中共苏区中央局代理书记和革命军事委员会主席。1931 年 11 月当选为中华苏维埃共和国中央执行委员，临时中央政府副主席。1933 年任中革军委代理主席。在中共六届五中全会上当选为中央政治局委员、书记处书记。红军长征后留守苏区，任中央分局书记，中央军区司令员兼政治委员。抗战开始后，任新四军副军长、东南局书记。1941 年 3 月被叛徒杀害。

第二次是1931年2月至1933年1月，主要是因为中央特科负责人顾顺章和中央政治局主席向忠发叛变，中共在上海的党中央地下机关受到严重威胁，共产国际也指示要在白区工作的干部派60%到苏区。中共中央决定加强苏区工作，抽调了一些干部到中央苏区，以避免白区干部因受李立三路线影响而遭受重大损失。贺诚、梁广、罗明、谢小梅、蔡纽湘、邓小平、王首道、李德生、李克农、胡底、钱壮飞、刘少文、潘汉年、胡均鹤、贺昌、葛耀山、梁柏台、毛泽民、谢育才、余泽洪夫妇、李家富、李文棠、庄振凤、李富春、吴德峰、杨友青、阙思颖、周恩来、邓颖超、何叔衡、刘伯承、聂荣臻、陆定一、伍修权、程子华、唐文员、曾希圣、李一氓、刘晓、周月林、张亮、钱希均、陈琼英、蔡畅、乐少华、董必武、张和、郭琼香、石联星、孔祥播、戚元德、钟伟剑、祝志澄、顾长瑞、王盛荣、顾作霖、李弼庭、毕士娣、刘少奇、博古、陈云、朱瑞、赵宝成等200余人进入中央苏区。这一大批党的精英进入苏区后，在党的政权建设和军事建设诸多方面都发挥了巨大作用。

新中国成立后被授予上将军衔，任中央社会部部长、中央军委情报部长、人民解放军副总参谋长的李克农，1926年加入中国共产党，1929年入国民党上海无线电管理局从事情报工作，获取了大量机密，保护了中共地下组织。1931年进入中央苏区，任江西省政治保卫局三科科长、执行部部长、中华苏维埃中央候补执行委员，中央革命军事委员会政治保卫局局长、总政治部红军工作部部长。

享有中共地下工作“龙潭三杰”之一赞誉的钱壮飞，1925年加入中国共产党，1929年同李克农、胡底一起从事党的秘密工作。1930年在国民党中央组织部总务科任机要秘书，同时任长江通讯社负责人。1931 年 4 月 26 日发现顾顺章叛变的重要消息，采取紧急措施，叫其女婿、中共地下党员刘杞夫乘夜车从南京赶往上海，及时将情报送给党中央，使中共党的机关免遭毁灭性的打击，为保卫中共中央领导人和中央机关的安全做出了重大贡献。1931 年 8 月到中央苏区，任红一军团三军军医处长、中央革命军事委员会政治保卫局局长。他是一个多才多艺的人，在中央苏区期间，他参与编导、演出了许多文艺戏剧节目，懂得医疗卫生知识，设计出红军烈士纪念塔、红军烈士纪念亭、红军检阅台、公略亭、博生堡、沙洲坝中央政府大礼堂等建筑物，至今都还完整保存。

邓小平，中国改革开放的总设计师。他于 1930 年 2 月领导发动龙州起义，成立了红八军，兼任政治委员，领导开辟左、右江革命根据地，同年冬率部队向中央革命根据地转移。1931 年 2 月攻战江西崇义县城。初夏，邓小平以中央特派员身份同妻子金维映在永定虎岗、上杭白沙、长汀的南阳、河田等地工作，生活了 2 个月余时间。时值闽西错误地发起一场所谓的肃清“社会民主党”活动，大批的党和军队优秀干部蒙冤受害。所经之处，令人寒心，邓小平对金维映说：“这样搞下去，不要敌人打自己也要垮台的。再这样下去，恐怕根据地也难保。”他和张鼎丞、郭滴人先后将此情向中央局和毛泽东作了汇报。后来党中央及时采取措施制止了“肃社党”运动。1931 年 8 月，邓小平任中共瑞金县委书记，1933 年任江西军区政治部主任，中共江西省委宣传部长。因拥护毛泽东为代表的正确路线，与毛泽覃、古伯、谢唯俊一起被指责为“江西罗明路线”而受到错误批判。后调任红军总政治部代理秘书长、《红星报》主编。

何叔衡，1928 年赴苏联学习，两年后回国进入中央苏区，当选为中华苏维埃共和国中央执行委员，任临时中央政府工农检查部部长、内务部代部长、中央政府临时法庭主席。红军长征后，他留在中央苏区坚持游击战争。1935 年 2 月中旬，他从瑞金向福建长汀转移途中，在长汀水口突围战斗中壮烈牺牲。

毛泽民，毛泽东的胞弟。1931 年进入中央苏区，任闽粤赣军区经理部部长、中华苏维埃共和国临时中央政府财政委员会委员、第一任国家银行行长。参加了长征，1937 年赴新疆搞统战工作，1943 年被军阀盛世才杀害。

新中国成立后历任政务院财经委副主任，重工业部部长，国务院副总理兼计委主任，中共第八届中央政治局常委、书记处书记的李富春，1931 年在上海负责中共中央军委工作，8 月离开上海进入闽西，12 月任中共江西省委书记兼军区政委。1934 年当选为苏维埃政府中央执行委员，后任红军总政治部代主任、红三军团政委。

新中国成立后任中华人民共和国主席的刘少奇，1920 年加入中国社会主义青年团。1921 年到莫斯科东方共产主义劳动大学学习，同年加入中国共产党。1932 年冬进入中央苏区，任全国总工会苏区中央执行局委员长、中共福建省委书记。

新中国成立后任中共湖南省委书记、交通部部长、广东省委书记的王首道，1925 年加入中国共产党，1926 年入毛泽东主办的第六届农民运动讲习所学习，参加了秋收起义，1928 年任中共浏阳县委书记、湖南省苏维埃政府代理主席、湖南临时省委代理书记。1932 年进入中央苏区，任中共中央组织局秘书长。

新中国成立后任中央军委副主席、第五届全国人大常委会副委员长、1955 年被授予元帅军衔的刘伯承，1926 年 5 月加入中国共产党。参加了辛亥革命、北伐战争等。参与领导泸州、顺庆起义，南昌起义。1928年赴苏联学习，1930年秋回国，任中央军委委员、长江局军委书记。1931年底进入中央苏区，任红军中央军事政治学校校长兼政治委员。1932年10月任中央军委总参谋长、红一方面军总参谋长。1934年1月，当选为中华苏维埃共和国中央执行委员。同年，因反对共产国际派来的军事顾问李德的军事教条主义错误，由总参谋长降至五军团参谋长。

新中国成立后任北京市市长、中央军委代理总参谋长、人民革命军事委员会副主席、国务院副总理、军委副主席兼国防科委主任的聂荣臻，1919年赴法国勤工俭学，1922年加入共青团，1923年加入中国共产党。1924年10月到苏联红军学校中国班学习军事。第二年8月回国，任黄埔军校政治部秘书长兼政治教官，参加了北伐战争，后任中共湖北省委书记，参与领导了南昌起义、广州起义，1930年5月调上海中共中央特科和中央军委工作。1931年12月进入中央苏区，任中革军委总政治部副主任。1932年任红一军团政治委员、红军东路军政委。“二苏大”上当选为中央执行委员。

享有中共“五老”之一赞誉的董必武，新中国成立后任全国政协副主席，政务院副总理，最高人民法院院长，中华人民共和国副主席、代理主席、全国人大常委会副委员长、中央监察委员会书记。于1920年加入共产主义小组，是中国共产党第一次代表大会代表，1928年赴苏联学习，1932年回国后进入中央苏区，任红军大学上干队政治委员、中华苏维埃共和国中央政府工农检查委员会代理主席、中央党校副校长、中央常务委员会书记、全国“二苏大”中央执行委员、中央最高法院院长。

1932年底进入中央苏区的赵宝成，担任中华苏维埃中央政府总务厅厅长期间，领导创建了中央政府大礼堂、红军烈士纪念塔、红军烈士纪念亭、红军阅兵检阅台、公略亭、博生堡等标志性建筑。于1924年加入中国共产党，1926年大学毕业后从事党的工作，1929年在上海担任中共秘密交通员。红军长征后奉命留守中央苏区，1935年春在与敌搏斗中牺牲。

第三次是1933年1月至1934年10月，中共中央临时政治局由上海迁入中央革命根据地瑞金。有钱希均、陈威明（又名沙可夫）、吴亮平、钱之光、杨尚昆、张闻天、瞿秋白等40余名党的高级干部进入中央苏区，此外还有兵工厂、制弹厂、造布厂、印刷厂的多批技术工人进入苏区。

新中国成立后历任中共中央军委副主席、国家主席的杨尚昆，1933年进入中央苏区，任《红色中华》报、《斗争》报编辑、红一方面军政治部主任、中共中央党校副校长，1934年1月中共六届五中全会当选为候补中央委员，同月底第二次全国苏维埃代表大会上被选为中央执行委员。

新中国成立后任国务院外交部常务副部长的张闻天，是中共早期党员，1925年受党委派到莫斯科中山大学学习，回国后长期担任党的重要领导职务，1933年1月进入中央苏区，任中央政治局常委，当选为第二届中央执行委员、中央人民委员会主席。

瞿秋白，1922年加入中国共产党，参加中共三大并主持起草党纲。大革命失败后，主持召开了八七会议，任中共临时中央政治局常委，主持中央工作。中共六大中央政治局委员，中共中央驻共产国际代表团团长。1930年回国，主持召开中共六届三中全会。1933

年夏从上海动身赴中央苏区，拟搭乘“广生”号轮船到汕头，组织上安排交通员曾昌明护送。由于特殊情况发生，瞿秋白没能搭乘这趟轮船。几个月后，由上海经汕头转火车到潮安，乘小轮船抵大埔，再乘小船到青溪，步行进入中央苏区，到达瑞金的时间是 1934 年 2 月 5 日。红军长征后，留守中央苏区，在转移途中不幸被捕，1935 年 6 月 18 日英勇就义于长汀。

新中国成立后任纺织工业部副部长、轻工业部部长的钱之光，1933 年夏进入中央苏区，任中华苏维埃共和国中央政府国民经济委员会委员、对外贸易总局局长，为打破国民党反动派的经济封锁，保障苏区军民反“围剿”斗争做出了重大贡献。

通过这条红色地下交通线，前前后后 300 多位中共精英乔装打扮成商人、牧师、医生、教师甚至是土匪等身份，他们在中共地下交通员的周密安排和护送下，秘密地从上海乘轮船抵香港、汕头，转乘火车到潮州再乘船到大埔、青溪，而后翻山越岭徒步进入中央苏区，在党、政、军和文艺等各方面展露才华，极大地推动了中国革命胜利的步伐。

第四章　输　血

至1930年底，红色交通线已在全国形成了一个网络，但不到一年，只剩下从上海至红都瑞金的这条秘密交通线完好无损地保留下来，成为中共中央与苏区联系的重要生命线。

以上海党中央的交通局到香港、汕头、大埔、闽西等交通站、点，一站与一站的联络形成一个有机的整体，但交通员之间却既熟悉又陌生，他们都是单线联系，个人所知道的情况绝对保密。这一切都是为了防备内部出现叛徒，避免整条交通线的破坏。

有了这条秘密交通线的畅通，交通员奔波忙碌地从敌人眼皮底下源源不断地输送物资；堂而皇之地从上海携带两箱红旗进苏区；冒险护送电台、金条、枪支……只要中央或苏区需要的，交通员们都可以神出鬼没地将其送到。他们活跃的身影，就像是人体里涌动的血脉。交通线的畅通，为中央和苏区的信息沟通、干部和物资输送，提供了坚实的保障。

封锁线上的交易

中央苏区的存在，逐渐成了蒋介石的一块心病。原先根本不把朱毛红军放在眼中，几年下来却令他忧心忡忡。一天，蒋介石招来剿共前线总司令何应钦，要他拿出个剿共的法子。

“敬之啊，如今朱毛红军地盘不断扩大，四面骚扰，搞得鸡犬不宁，我等不能坐视不管呀。”蒋介石推心置腹地与何应钦说。

“校长言之极是！”何应钦一听，马上起立行了个军礼说道。蒋介石摆手示意他坐下说。

何应钦接着说：“校长，我想最好的办法是必须双管齐下。有必要在加强军事围剿的同时，坚决采取经济围剿的手段，设立封锁线，严控布匹、食盐、火柴等重要物资进入朱毛地盘，封住他们。这样，我们就可以不战而胜了。”

“嗯，你这想法倒是不错。就按你说的好好去办吧，这回可不要又让我失望了。”蒋介石说完便半躺在椅子上闭目养神起来。

三天后，与闽西、赣南交界的国民党统治区域突然在各驻防中增加了兵力，哨卡也增设了好几道。特别是青溪这个与闽西仅一山之隔的地方，由原先一个团的正规军改为一个加强团驻守，同时还增调周边的反动民团至此加强巡逻，对进出人员严加盘查，对中央苏区实行严密的经济封锁。

国民党福建省政府相继制定了《闽省封锁推进办法》，规定靠近苏区的漳平、南靖、平和、华安、永安、宁洋、德化等28个周边县为封锁区域，并设闽江、漳江、汀江水道督察处，对食盐、火油实行公卖，采取官督商办。该办法规定，居民每人每天以4钱（旧制一斤=16两，一两=10钱）食盐为限，且一次购买最多不得超过5天的量，违者以“甘心赤化”“通匪”罪论处。在这样严密的封锁下，一时间，当时拥有450多万人口的中央苏区，食盐、洋油、布匹等重要民生用品纷纷告急。长汀相对繁荣，一块银元可以买到30多斤猪肉，却只能买到2两的食盐。而苏区盛产的土纸、杉木、烟丝等卖不出去，许多手工业者失业。外来物资无法进入苏区，食盐和一些靠外来的工业品价格急剧猛涨。

食盐问题显得尤为突出。在广东梅县，花一元钱可以买到7斤食盐，而在中央苏区只能买到12两。洋油（煤油）原先一元可买7斤14两，此时只能买到1斤5两。许多苏区群众为食盐伤透了脑筋，至于药品，就更加奇缺了。

凶残的敌人这突如其来的经济封锁，给中央苏区人民生活带来了极大的困难。苏区军民采取了不少措施全力开展生产自救，规定：对商人经营予以保护，不准任何人侵害；不得对进入苏区白区的商人筹款，不许没收商品，并给予兑换现金；外国商人开办的商店也准许营业，受政府保护；对农副产品，如粮食、烟丝、木材，政府采取帮助奖励群众办合作社的方式，以满足社员自身的生活需要；加强农田的基本建设，鼓励开垦荒地，政府给予适当的奖励。

中央苏区的党、政、军针对面临的困难，适时地制定了一系列的政策和实施方案，渡过难关。

当时，苏区各级政府还派出大量干部，白天与群众同劳动，帮助解决实际困难，晚上深入民间访贫问苦，做好宣传发动工作。一首当年苏区群众自编的山歌这样唱道："苏区干部好作风，自带干粮去办公。日着草鞋干革命，夜打灯笼访贫农。"这也从一个侧面充分反映了当时苏区干部群众的良好关系。

此外，苏区党和政府也采取了许多应急方案，一方面发动全民搞生产自救，用土办法掰下墙土熬制盐硝，厉行节约渡过难关。部队每人每天只能分配到 3 钱盐，群众缺盐就更不用说了。他们将菜放在咸缸里泡一阵再煮，有的放些辣椒干充当盐巴。另一方面，组织人员开展与白区商贩交易，通过交通员护送物资进入苏区。一件件布匹、一袋袋食盐、一桶桶洋（煤）油……经群众、商贩再通过交通员被秘密输送往苏区。针对敌人的封锁，他们巧妙地利用各种办法躲过凶狠的敌人，安全地将苏区紧缺物资输入，供应给苏区军民。

与此同时，苏区还建立了硝盐厂、兵工厂、被服厂、弹棉厂、织布厂、斗笠厂等，在一定程度上缓解了食盐、布匹、装备匮乏等问题。

当时，中央苏区地处经济发展水平比较落后的赣南、闽西，仅凭内部自身的力量，显然是无法从根本上解决因经济封锁带来的问题。于是，苏区政府要交通员和从白区进入苏区的同志想方设法携带物资，打破敌人的封锁。

一场封锁线上的交易在白区与苏区之间秘密开始了。

中央苏区紧缺药物、电池、硫酸、布匹等物资，远在上海的党中央和周恩来想方设法在白区开设各种商店巧妙解决。时任中共中央外交科秘书的黄玠然在 1981 年曾回忆说：“来往于苏区与白区之间的交通创造了不少工作经验。因为他们不仅递送文件，同时中央还把解决苏区物资供应的任务交给他们。他们就创造出开铺子的办法来解决这个问题，苏区缺什么物资就开什么铺子，需要药品、布匹、电料器材等，就开相应的铺子。这样既解决交通站的问题，又可采购物资避免敌人发现。交通员不一定知道那个铺子是我们开的，但可告诉他到那里去进货更为便利。铺子里的人，也不一定知道是苏区来的人，只要按一般情况做买卖就行了。有时光靠外交工作同志完成不了开设店铺的任务时，就由外交负责人报请中央考虑，由特科（即敌工部门）去完成任务。交通负责人和特科的同志，有的互相了解，有的并不通气。互相了解好，还是不通气好，这要看情况决定。那时中央苏区严重缺乏药品，我们曾利用社会关系，在汕头开设过中法药房分号，名声、规模很大，可进很多药品，以满足苏区的大量需要。”

交通站除了有交通员、联络员负责物资的运送之外，还纷纷组建了运输队。一旦有从上海、香港、汕头运来的药品、武器、布匹等各类物资运到，交通站便联络各村党组织，发动农民、妇女，装作挑粪下田或上山割草，将物资藏在粪桶或草捆中，巧妙地越过敌人的封锁线，一站接一站，护送到苏区。据统计，埔北地区当时就拥有一支三四百人的男女运输队，先后为苏区运送了紧缺物资达数百吨，缓解了苏区军民的军事、民用急需物资匮乏问题。

当时，中央对外贸易总局局长钱之光对江口、汀州、新泉、会昌等贸易分局分别下达任务，同时派了武装护送物资，力保采购紧缺物资的安全。这些贸易分局为了保证任务的完成，千方百计、机智勇敢地开展采买工作。他们充分利用白区商人去采买各类所需物资，积少成多汇集到一起，再交由地下交通站秘密转运到苏区。新泉外贸分局充分调动社会一切力量，只要能采购到物资，打破一些条条框框，用优惠的政策吸引商人为苏区办事。这样一来，白区的商人用金钱买通一些国民党下级军官，合伙做生意，与苏区开展贸易往来。当时白区能以 54 元的价格购进 60 斤一担的盐，到苏区卖出后每担净赚 1 元钱。如此高的利润，极大地诱惑着商人的动机，经商人数也逐渐加大，一些逃往白区的地主为赚钱也加入到与苏区贸易的行列中。

尽管国民党对苏区实行严密的经济封锁，并规定凡有“通匪”者货物没收、格杀勿论等，仍有许多白区商人冒着危险与苏区进行贸易，从而缓解了苏区物资的紧缺。苏区的土纸、莲子、笋干等也秘密销往白区，搞活了物资流通，打破国民党对苏区的经济封锁。

青溪交通站还专门成立了一支固定有二十多名妇女的运输队伍，只要听到码头船工“均平有货”（他们的暗语，意为从汕头、大埔航运下的物资要放在地下党员余均平家的临时仓库中）的叫喊声，便快速地相互告知，然后将船上的货担到余均平家中的临时仓库。待交通站接到闽西特委通知后，她们便由武装交通员引路趁夜将货担到永定桃坑，再连夜赶回青溪。

1986 年，已 78 岁的江茶英老人曾深情地回忆当年运送物资时的情景：“当年替红军担货的人很多，一人一担，前头有武装带路，若有枪声，后面挑担的就要赶紧藏起来。每次都是晚上七八点钟起程，天亮之前回来。”

交通员余均平的儿子后来也曾回忆说：“当年我才 10 岁左右，来我们家的‘亲戚’来来往往真是数不清。还常有人把一批东西放在家里，又有许多人来挑到山里去。多时上百人，进进出出，繁忙极了。”

仅在永定、青溪两地就有四百多名男女运输队员，一旦从汕头有货来，交通站便及时地联络各乡村，发动群众假扮挑粪或割草，将物资隐藏起来，通过敌人封锁线转运到苏区。

在白区的中共地下组织也千方百计去做白区商人的工作，动员他们将苏区所需物资销往苏区，并明确提出：凡是不违反苏维埃法令、不破坏革命、不垄断商品的交易，都一概允许进入苏区从事贸易活动，苏区政府予以提供一切方便。对苏区急需物资，予以免税和优先放行入境。

一些对革命抱有同情心，当然也想赚钱的白区商人则各显神通，利用各种关系和力量，在交通线沿线城镇开设商店。苏区缺什么他们就开什么铺子，我地下组织和交通员自然也心照不宣，想方设法全单照收。

9 月的一天，大埔交通中站站长卢伟良护送干部返回闽西。天气还有些热，穿一件长袖衫就可以了。而卢伟良却早早准备好两件厚衣，将前些日子收集来的食盐化成水，把衣服浸泡后晾干，穿在身上往闽西赶路。

“站住！”敌哨兵例行检查，来到卢伟良面前。

“解开外衣。为什么大热天穿这么多衣服？”

“老总啊，我打摆子厉害，一会热，一会冷，热的时候全身爆汗，你看，汗味多重。”说到此，卢伟良赶紧装成冷得发抖的样子，“老总，我能不能把衣服裹上，冷得难受。”敌哨兵见他汗味熏人，像个乞丐，训骂了一顿后，把枪托往地上重重一放：“滚！”

卢伟良跌跌撞撞地半跑了一段路，见已到安全地带，便赶紧躲在一棵树下小心翼翼地把衣服脱下来。他将浸有盐水的衣服叠好放在包袱里，到小水沟旁洗去身上的盐硝，又换上早已准备好的短衫，飞速往永定交通大站奔去。

闽西交通大站站长李沛群接待了卢伟良，吩咐交通员把浸洗那两件衣服的水进行蒸发，然后将盐刮出来送苏区中央局。李沛群问卢伟良这一路是怎么熬过来的。“盐水粘在身上，那种又酸又痛的滋味真是难忍啊，简直比敌人用刑还难受。”卢伟良说。

李沛群叫来交通员：“通知伙房烧一桶洗澡水，另外炒两个菜，好好犒劳卢伟良同志，这一路太不容易了。”

无论敌人如何实施层层封锁，如何施展狠毒的手段，苏区军民都始终以大无畏的革命精神，无惧刀光剑影，保持乐观坚定，他们巧妙地运用一切条件和力量，在敌人的封锁线内外做着一桩桩的“买卖”，成交着一笔笔的“生意”，在交通员的“穿针引线”下，设法穿越封锁线，成功将一批批物资送抵苏区，解决了苏区物资匮乏的问题，为苏区的发展壮大创造了条件。

毛泽东在一次庆功大会上激动地说：“一个政权怎么能够永葆活力？靠群众，靠民主！没有苏区人民群众物资和精神上的支持，没有数十万青壮年的踊跃参军参战，中国革命根据地和苏维埃政府就不可能存在一天！”

“赤色影星”把两箱红旗带进瑞金

新中国成立初期有一部反映抗日的影片《赵一曼》，影片讲述了东北抗联女英雄赵一曼在党的领导下，团结和组织群众开展抗日斗争，最后英勇献身的故事。人们被赵一曼的光辉形象所感染，崇拜这个大义凛然的民族英雄。影片中赵一曼的扮演者石联星鲜为人知，其实她并不是一个普通的演员，她早在 1932 年就参加革命，被苏区军民赞誉为“赤色影星”。在艰苦卓绝的战斗岁月中，她深入部队搞宣传，经常奔赴前线为指战员演出。新中国成立后，她主要从事电影和话剧的导演、演出工作，是第五、第六届全国政协委员。

1932 年，年方十八的女青年石联星，带着几个同学，从湖北到上海寻找救国救民的领路人。经有心人指引，她们参加了共产党的外围组织互济会。期间，她们了解到中央苏区蓬勃开展的革命形势，很是向往到苏区当红军。考虑到打仗会有同志受伤，便商定先学习救护知识，当救护人员。几个人便叽叽喳喳地你一言，我一语地议论起来：

“听说在福建、江西交界的地方有支朱毛红军，他们带着穷人‘打土豪、分田地’，老百姓都有田耕有地种，有饭吃有衣穿，大事小事还可以由自己当家做主，日子过得美滋滋的。”

“我听说红军中当官的不欺负当兵的，大家互相尊重，相处得像个大家庭，听说还招收女兵哩。这支部队很团结，又很会打仗。”

“我也听说，国民党对红军可恨之入骨，经常调兵去围剿。朱毛红军人马虽少，却三天两头打胜仗。每打一次仗，红军缴获的枪炮都很多，他们地盘越来越大，势力越来越强了。”

一旁听得仔细的石联星是几个同学中的组织者。这时，她站起来说：“我们去苏区当红军吧，他们经常打仗，肯定有许多伤员，我们可以先在这学学救护知识，到他们那边去救护伤员，大家说行吗？”

“好啊，我们听你的！”

第二天，她们便缠着互济会的一位医生，求教抢救伤病员的基本知识，学习如何包扎伤口等。

石联星一边学习救护知识，一边暗中托互济会的同志打听怎样才能到“那边”去。那边，就是指苏区。就这样，在焦急的等待中，时间又过去了十来天。一天晚上，石联星她们正要就寝，突然有人敲了三下门，接着传来了互济会老李的声音。石联星赶忙起身去开门。

老李带来了一位陌生人，他个子不很高，一双深邃的眼睛炯炯有神，身着上等布料的黑色绸套装，像个商人。老李向大家介绍说：“这位同志就是要带你们去那边的交通员阿丙。”

几个人一听，个个乐得合不拢嘴：“啊，我们可以到那边去啦！”然后，围在阿丙身边七嘴八舌地问起苏区的情况来。

刚才还闷头吸烟的阿丙似乎被几个活跃的姑娘感动了，他热情地介绍说，苏区的区域是很安全的，大家晚上可以夜不闭户，有什么困难都会相互帮助解决，红军战士除打仗外，还会经常到老百姓家帮忙干活，插秧、收割、垒墙、劈柴、挑水，只要老百姓需要，红军就什么都干。特别是那些孤寡老人、妇女儿童可喜欢他们了，大家亲如一家人。说着说着，阿丙突然打往了话头："百闻不如一见，到了苏区后你们就一目了然了。时间不早了，明天我们马上就要乘船出发往苏区赶了。"

一番介绍后，阿丙告诉大家，因人多行动不便，要把她们分作两批走，石联星和孔招菊两人先走。阿丙让她们换上特意带来的广东一带农村妇女穿的衣服并嘱咐行李要尽量简单些。

接着，老李搬进来两个箱子，说这是上海工人绣制的 200 面象征着苏维埃政权的红旗，是工人们送给红军的，请他们安全捎到苏区去。

"放心吧，我们一定会将红旗一面不少地送到红军手里去！"阿丙目光坚毅地说。

第二天一早，两辆黄包车将一行人拉到了海港码头上。嘈杂的人群前拥后挤。码头登船处，凶神恶煞的军警不时对上船的旅客呵斥、盘查，很多旅客的行李都被翻查。

看到这种情形，孔招菊、石联星手捏得紧紧的，脚步也不由自主地放慢了。阿丙见状，给她们使了个眼色，低声安慰说："别紧张，我常跟他们打交道，你们只管跟我走就行了。"

到了登船处，头戴礼帽、身着长袍的阿丙叼着香烟，甩了两包洋烟给守在登船处的军警，往后示意了一下，便领着石联星、孔招菊大摇大摆地上了船，紧随其后的两名搬运工扛着两箱红旗也跟上了船。进入船舱后，阿丙让搬运工把两箱红旗放置妥当，招呼石联星两人落座。见此情此景，石联星心里暗暗佩服阿丙那大将一般的沉着淡定。

天，阴沉沉的。俗话说：海里行船无风也有三尺浪。可偏偏这天风刮得特别大，轮船在风浪的冲击下，左摇右晃得厉害。两箱红旗一会儿滑到这头，一会儿又滑到那头。石联星越发担心，却见阿丙好像事不关己，只顾在躺椅上睡大觉。可仔细一看，石联星发现，阿丙并没有真睡着，眯着的双眼不时微睁，警惕地扫视着周围的情况。

轮船在风浪的冲击下，左右摇晃。第一次乘船的石联星和孔招菊不一会儿便晕船了，吐得一塌糊涂。阿丙见状，急忙叫她们进船舱休息，买来水果给她们吃。并告诉她们，乘船遇上风浪时，一定要注意躺下休息，至少也要坐着，这样才能减少摇晃，避免晕船。

第三天拂晓，船靠近汕头码头。阿丙叫人将两箱红旗扛到金陵旅社，并将石联星两人安排在进门边的一个大房间住下。

休息了一个晚上，第二天一行人乘火车到了潮州。接着坐船到大埔县城，随后又乘小篷船往几十里远的青溪赶去。傍晚时分，石联星、孔招菊在阿丙的护送下抵达青溪，在一家紧靠河边的小饭店落了脚。阿丙几句地道的广东话一寒暄，店里男女主人先是沏茶，又忙着打洗脸水，令石联星感到很是温暖。房主大妈甚是喜欢石联星，还跟阿丙说：“这般漂亮的姑娘，留给我做儿媳妇吧！”惹得石联星一阵羞涩。夏夜的蚊子很多，大妈还拿着把大葵扇坐在她们床头赶蚊子。

当晚，下起滂沱大雨。后半夜，石联星、孔招菊被叫起来准备出发。

第四章　输　血

大雨中的崎岖小路越发泥泞，路旁杂草丛生……石联星、孔招菊一时有些举步维艰，不知所措起来。阿丙抛去乘船时的潇洒风度，深一脚浅一脚走在前面带路。不多久，石联星便是一脚泥一脚水，脸上、手上被杂草割出一道道血痕，还几次滑倒在地，想到就快到苏区，她咬牙坚持着。

一行人正艰难行进中，走在前面的高个子交通员突然停住脚步，示意大家赶紧趴下。夜，死一般的寂静，似乎每一个人心跳声都听得见。高个子交通员拔出驳壳枪迅速地上了膛。石联星紧紧盯着前方，双手从地上抓了石头准备战斗。

几分钟后，高个子交通员站了起来，告诉大家刚才是有两个捕猎人经过，现在没事可以继续赶路了。虚惊一场后，又走了不一会儿，前面有个草寮，武装交通员先进去带出两人热情地接待了石联星她们。在这里稍作休息后，随即又起身赶路。不久到达另一交通小站，此时已是下半夜了。阿丙领着她们进了屋，房屋主人走到一堆稻草前扒开，里面露出一个小房间，将石联星、孔招菊送进房间后，递了些水和粗糙的饭团。两人躺在里面，又饥又冷的她们狼吞虎咽起来……很快，便进了入梦乡。

第二天一大早，一行人便又出发了。

当他们翻越过一座山头，朝霞已显露在天边。“到了，到苏区土地上了。”阿丙大声地对石联星、孔招菊说。

路边拿着红缨枪的儿童团员向阿丙要路条。递出路条后，阿丙打趣说：“小同志，不认识我啦？”说着，随儿童团到了永定的闽西交通大站。交通站门口早有几位同志在迎候石联星他们了。

刚一坐下，交通站的一位同志便笑着对石联星、孔招菊说：“到我们这儿的，先得到山上去砍柴火，再烧水做饭，这叫自己动手丰衣足食。”石联星信以为真，拉着孔招菊到墙边取柴刀和绳子准备上山。阿丙笑呵呵地说："他们是同你开玩笑的，快去洗洗脸，吃顿安稳饭睡个舒心觉吧！”

一行人在闽西交通大站休息了三天，精神也好多了。第四天，阿丙牵来两匹枣红马，让她们骑上，自己跨上一匹黑马，一起往长汀、瑞金方向扬鞭而去。而那两箱红旗早已先他们送到了瑞金。

苏区人民见到这么多鲜艳的红旗，一时间传唱起歌谣：

> 新做红旗面面靓，人民看到心喜欢。
> 红旗可比仙丹样，看到红旗心更坚。

48年后的1980年，石联星曾深情回忆说："在我的心灵深处，一直怀念着工作在这红色交通线上的每一个同志。他们都是我的亲人，我多么想见到他们啊，好好看看他们，问问他们到底姓什么，叫什么名字，有多大岁数，家里有些什么人，住在哪里，有一种什么样的革命动力促使他们这样工作。这些无名英雄，他们就是这样默默无闻地，甘心情愿全心全意地，随时准备将自己的一切献给党献给人民。”

可喜的是，20世纪60年代初期，石联星在上海时恰巧打听到了有位当年的红色交通员，她专程前往探个虚实，没想到竟是当年的阿丙同志。他叫熊志华，当时在上海市委办公厅工作。一点不错，就是那位沉着勇敢有智谋的阿丙。开始阿丙还认不出，石联星详细地回忆诉说从上海坐船到香港时的情节，又讲到汕头金陵旅社……

“噢，想起来了，对，对，你就是当年跟我去苏区的石联星大姑娘吧！在大埔交通站时，那位大妈还想把你留下当她的儿媳妇呢！”阿丙说笑着握住石联星的手，乐呵呵地回忆着交通线上的趣事。从与阿丙的聊天中，石联星得知在大埔交通站的那位腰插驳壳枪的高个子武装交通员在一次执行任务中英勇牺牲的情况。“高个子交通员的形象永远活在我心中。”石联星动情地说。

携巨款的“穷汉”

1932 年 4 月 1 日，红一方面军，以第一、第五军团组成红军东路军，由林彪任总指挥、聂荣臻任政委、罗荣桓任政治部主任，浩浩荡荡横扫千里，直抵福建漳州，在天宝一带消灭了盘踞在漳州的敌张贞四十九师，乘胜占领漳州城。

这一仗共缴获 2200 多支步手枪、9 挺机枪、3 门大炮、3 万多发子弹、5000 枚炮弹、2 架飞机，还筹集了大批的被服、布匹、药品、食盐和印刷机器，以及上百万银元。

有了重大收获的红一方面军领导首先想到的是党中央。中央领导机关在上海的经费本身就紧巴巴的，加上得时常以各式身份出现，开销花费又必须与身份相符，才不致被特务嗅出“异味”。这样一来，开支更是捉襟见肘了。

中央苏区红都瑞金，毛泽东、朱德等见战利品源源不断地搬运回来，心里真是乐开了花。

“我说老毛呀，你我现在可成了大财主啰！”朱德总司令高兴地说。

“呵呵，打漳州我们红军发了大财，我看我们首先应该给党中央送些光洋，他们的日子可不大好过哟。”毛泽东双手叉腰，笑眯眯地对朱德说。

“要得，要得，多送些给中央，也该让他们分享分享我们打胜仗的喜悦。”在一旁的陈毅操着浓浓的四川腔说。

考虑到价值以及运送方便，毛泽东、朱德决定给上海送一批金条过去。这一任务自然落到了红色地下交通员身上。中央交通局交通员曾昌明、肖桂昌成了首选目标。一声令下，两人紧急赶赴漳州红军前敌指挥部。

聂荣臻向他们部署了任务：“这些金条，你们必须完好无损地带到上海党中央，以解决党中央活动经费拮据的燃眉之急。这个任务是极为艰巨的，一路要过许多封锁区，还有土匪骚扰……一定要想方设法完成任务！”

漳州芝山红楼的东路军前敌指挥部内，聂荣臻和曾昌明、肖桂昌三人围在桌前仔细查看地图，对穿行每一个关卡都认真分析并作出对策。

按照计划，这些价值约 5000 元的金条分别由曾、肖两人各带一半从漳州石码经厦门至上海。这一路，他们身上携带的不仅仅是黄金，更是上海同志们的希望，压在肩上的担子重如泰山。

两人接受任务后，经深思熟虑，为确保金条安全，决定化装成出外做工的贫苦人。根据一番调查，决定就带做工贫苦人常带的包袱、纸伞和饮水的瓜瓢等生活用品。曾、肖两人便从群众中找来这些物品，分别把金条藏在一把陈旧的纸伞杆和甜瓜瓢中，并把路上可能遇到的情况在脑海中又过了一遍，才倒头睡去。

闽南的 4 月，细雨绵绵。第二天一大早，曾昌明、肖桂昌各自肩上搭着包袱，腰上挂着甜瓜瓢，背着一把多处开裂的伞出发了，两人都手拿打狗棒，穿着又脏又旧的对襟蓝衫，脚上的布鞋破破烂烂，脚趾头都露出来了。两人走了几里地到码头，上了一条往厦门去的船。

“兄弟，到厦门做什么去呀？”年近五旬的船艄公客气地问他们。

“我们一家老小没法生活下去，想到厦门找些裁缝的事做。”曾昌明用早已准备好的答词回了艄公。

“兄弟们坐好啦，要开船啰！请各位兄弟、老板付给船费，每人 3 块钱。”

船上其他人随即掏钱给艄公，为了与一身寒酸相相吻合，曾昌明、肖桂昌两人故意只掏出 1 块钱，递上前去。

“嘿，兄弟，船费是 3 块钱。”

“老师傅，我们家里穷得揭不开锅，全家老小还等着我们挣些钱回家买谷子，行行好，少收些吧。”

好说歹说，几个乘客在旁边劝说，叫艄公做个善事积积德，也是想着早点开船。艄公略作迟疑，大声应道：“今后你们要是发了财，可要双倍付我船费啊！”说着，把竹竿使劲往岸上一撑，向江心划去。

船驶了不到三里，前方一条船蹿了出来，慢慢靠近客船。

“怪了，江上的船都顺水往前驶，这条船为何逆流而上，像是有意过来的？势头不对，肯定有问题。”曾昌明一边想着，一边警惕地注视着面前发生的一切。这时，两船相距只几十米，只见艄公朝对方船上的人一番眉来眼去，又打了手势，大喊了声：“空船无货，没啥好看的。”那条船便掉了个头驶去。

“好险哪，原来这条船与土匪贼船是一伙的，好在上船时装穷，否则就难办了。”曾昌明、肖桂昌暗暗庆幸。

两人有惊无险地到了厦门。在鼓浪屿上了轮船，这时两个警察走过来问：“干什么的？”

“老总，我们到上海找亲戚，想找份活干，家里老小都快饿死了。”

警察眯着眼睛看了看他们，衣衫破烂，头发脏乱，满身汗味，还低着头，半弓着身，一幅穷酸发臭的样子。警察从他们身上看不出有什么值得怀疑的地方，用手捂着鼻子离去。曾昌明、肖桂昌抱着破纸伞，提着甜瓜瓢找了座位相视而坐。

傍晚，轮船已开出近 4 个小时。忽然，天边乌云四起，整个天乌黑一片，天空与海洋都分不清了。有经验的乘客告知说，这是台风来临的征兆，弄不好要翻船的。瞬时，警笛声疾响，刺耳的广播请乘客不要惊慌，不要乱走动，以保持轮船的平衡。

狂风大作中，小轮船孤零零地漂泊在茫茫夜色中，随时都会有危险出现。曾昌明、肖桂昌头一回碰上这种情况，他们暗暗观察一切动静，慢慢靠近装有救生衣的柜子。心想，万一船翻了，无论如何也要拿到一件救生衣，哪怕是游也要游到岸上，将金条送到党中央。

轮船不时剧烈摇晃，还伴随着妇女儿童的阵阵惊叫声，整个船舱内一片混乱。曾、肖他们两人靠在装有救生衣的柜子边，将纸伞、甜瓜瓢捂得紧紧的。

几个小时后，风浪终于小了下来，轮船开始正常航行，乘客们悬着的心终于放了下来。曾昌明、肖桂昌会意地对视了一下，庆贺又一次渡过险关。

在接下来的几天里，他们两人几乎寸步不离身边那破旧的纸伞和甜瓜瓢。一路上为减少上厕所次数，他们只吃窝窝头和烤地瓜。

一声长笛，轮船进入滔滔翻滚的黄浦江，徐徐靠近码头。曾昌明、肖桂昌身携金条，从苏区到上海，经过十余天的海上航行，他们圆满地完成了护送任务。

运送金条到党中央的肖桂昌，1926 年参加革命时才 18 岁，担任武昌武胜区委干事。他办事干练、机灵，1928 年被选任为中央地下交通员。1931 年底，他一路护送周恩来到达中央苏区。1933 年，担任中共江苏省委组织部长。新中国成立后，任辽吉省委社会部长、公安处长、广州市军管会秘书长、广州市委副书记、化工部副部长。1972 年 9 月，遭“四人帮”迫害致死。

老道的地下交通员曾昌明，18 岁参加琼山塔市暴动，1927 年加入中国共产党，先后担任中共福建省委交通员、大埔交通站站长、中共中央交通局局长、闽粤赣苏区交通科政委。与肖桂昌、熊志华、李沛群并称为中共四大交通员。他护送过周恩来、陈潭秋等中共领导人从白区进入中央苏区。抗战时期，任长江局交通员，华中交通特派员、分局长，冀察晋纵队驻承德办事处主任。中共七大前夕，他历经 100 余天的艰辛，护送新四军军长陈毅到延安参加会议。解放战争时期，历任中共东北局社会部情报科科长、交通科科长、公安处处长。四平战役期间，他带领 3 名队员潜伏到敌军前沿地域，用无线电台搜集情报发回总部，为战役指挥人员及时提供了准确情报。新中国成立后，他担任广州人民政府人事处处长、人事局副局长，广州人民检察院副检察长，广州市委组织部副部长、市委常委、市监察委员会书记，广东省委监察委员会副书记，全国政协委员，政协广东省委常委。1982 年 8 月，在广州逝世。

浴血送电台

深夜的上海虹口爱而近路（今安庆路），中共中央交通局临时办公地。远处的路灯下闪出一个黑影，突然贴着墙边溜进巷子。三声短促而轻盈的敲门声过后，吱的一声，黑影便从门缝中侧闪而进，门随即关上。

“志华同志，敌人对苏区发动了第四次大规模的军事围剿，现在我们各苏区特别是与中央苏区的联系很不方便，中央考虑，无论如何要运送一部电台到中央苏区去。组织上决定派你去完成这项任务，你在这条线上来往多次，对路上情况较为熟悉……”中央交通局副局长陈刚将运送电台的任务交给了中央交通员熊志华。

上午 8 时许的外滩，上海广源贸易公司开门营业，熊志华进店选购了两罐五磅装的盒装饼干和一些罐头、糖果。赶回住处后忙把饼干全倒了出来，将拆好的电台零件小心地装进饼干盒，在最上面三公分处铺上饼干，两罐饼干变成了宝贵的电台零部件。然后，他将罐头、糖果分成两份分别包扎在饼干盒上，找来一张红纸，在一个饼干盒上写上：“请烦交汕头布庄陈金来老板。”在另一个饼干盒上写上：“请烦交汕头药行江春发亲友。”带上这些包好的“礼品”，熊志华化装成一个商人，乘船赶赴汕头。

熊志华头戴礼帽，提着“饼干”泰然自若地来到码头，登上轮船，顺利到达汕头，在升平路一家较为熟悉的南京旅馆住了下来。歇息一会儿后，他在旅馆周边和闹市区溜达了一圈，见无异常情况，便转到杂货店买了一个当地产的竹枕头回到旅馆，等待与来接应的同志接头。

约定时间过去半个小时了，还不见同志来接应。

又过去了半个钟头，还是不见有人来。“难道出事啦？不会的，刚才街上一切都没什么异常。”熊志华打开房门往过道上望了望，刚好旅馆的伙计走过来，“大哥，刚才市区宣布戒严了，满街都是军警特务，好像是发生了什么大事。你们客人别上街，早点休息，免得找麻烦。”

“他戒他的严，这与我们做生意的有啥关系，随他们折腾去吧。”熊志华接话。

转身，他回到房间。“怪事，前一个多小时都好好的，一下子怎么就全城戒严了呢？”熊志华半躺在床上认真地琢磨着。

“看来情况有些不妙，饼干盒里的电台部件必须赶紧转移！”想到这，熊志华立即起身，把刚买来的竹枕头取出，将电台零部件小心地塞进竹枕头里，包好后搁放至床头，外人看似是旅馆给客人睡觉用的。

把电台重新安置妥当后，熊志华心里踏实了不少。

晚上 8 点多，一阵急促杂乱的脚步声在房间门前停了下来。“开门，查房！”一群军警七嘴八舌地吼叫着。

“你从什么地方来，做什么事情的？”推开门后，带队的警察一手指着熊志华，一手压在盒子枪盖上，凶神恶煞地问。

“今天刚从上海来，跑生意的。”

“叫什么名字？哪里人氏？”

“广东梅县人，叫王生财。”熊志华按照在旅馆登记簿上写的姓名回着话。

“例行检查！”那警察边说边做了个手势，后边几个持枪的警察便一拥而入。一个眼尖嘴馋的警察见桌上两罐高档饼干盒，一个箭步上去抓起盒子抠开盖子，诱人的香味扑鼻而来。

“这饼干里面有没有藏什么东西？”说着，这家伙顺手就往嘴里塞了两块饼干，又抓了一把糖果。而后在房角处胡乱踢了踢挂衣架离开了……

真险！要是刚才没有把饼干盒里的电台转移了，那可真是坏了大事！

一阵折腾过去，熊志华和衣躺在床上，回想着刚才发生的搜查经过。突然，房门又被敲响了。打开门，一帮全副武装的宪兵气势汹汹地冲进来。容不得多问，宪兵队便开始四下乱翻乱捣。

看势头像是有针对性的搜查。“难道天机泄露了？”熊志华一边暗想着，一边低声说道：“老总，刚不久警察局来了一帮老总搜查过了，你看，房间连地板都快翻过来了。”“少废话，警察局来过，我们就不能来啦。”满脸杀气的宪兵勃然大怒地骂道。

就这样，房间里的每一件物品都被搜查了两遍，唯独放在床上的竹枕头静静地躺在那里。

翻箱倒柜一番后，宪兵见搜不出什么名堂来。“到其他房间查去！”领头的宪兵说。

走在最后的一个宪兵嘴里嘟囔着："一个破电台，可把我们累得够呛！"

一次又一次的搜查，细到每件衣服的口袋都不放过，特别是那个宪兵为什么会提到电台……熊志华冷静地思考着。

"难道党内出了叛徒？或是交通线上出现了其他问题？"熊志华认为，种种迹象表明得尽早离开汕头，不能在这坐等组织接应了，以避免不必要的麻烦。

熊志华正在沉思中，传来轻轻的敲门声。

"王先生，我是店伙计。"熊志华起身开了门。

"王先生，对不起，让你们受惊啦，你看，搞得乱七八糟的。干脆先把铺盖、箱子收拾好，我替你拿到我们栈房里去，那里不搜查，明天我送你上火车。"

经店伙计这么一说，熊志华倒觉得这是转移电台的好机会。

"那就谢谢你啦，我的小兄弟！"

一阵又一阵的警笛声过后，已是子夜时分了。

熊志华正昏昏欲睡时，突然一阵急促的脚步身由远而近。

"王先生，开开门，有长官要来检查房间！"店小二在门外喊着。

熊志华开了灯，打开房门，边揉眼睛边察看，又来了三个家伙，均是着短衫、戴鸭舌帽，腰间别着硬家伙。这明摆着就是特务，却硬装着是什么长官，搞了多年地下工作的熊志华暗笑。

"王先生是从上海来吧？"

"是的。"

"老家哪里，做什么生意呀？"

"我是广东梅县的，在上海做些小生意。"

“到汕头做什么事情呢？”

“生意人就是做生意，还能做什么？”

“有货单吗？”头戴鸭舌帽、一对三角眼的单刀直入地伸出了手。

熊志华早已有准备，他淡定地从包里取出货单、发票、收据，样样齐全地递了过去。

那家伙边看边转眼珠子：“最近上海市面行情如何？”

这些对于常以商人身份出现，并隔三差五在上海市区转悠的熊志华来说，自然是小菜一碟。便滔滔不绝地说了起来，没完没了地扯，说得三个特务坐也不是，站也不是，走也不是。最后，还是那个戴鸭舌帽的打断他的话说：“听说在上海的东洋人坏得很，学生和市民都上街游行抗日示威呢。”

这一手也够狠毒的。好在熊志华早有准备，他不紧不慢地回话：“我们小商人只顾安分守己，赚点小钱养家糊口过日子。你说的那些事情都是你们官员管的啊！”

“这房间怎么弄得乱乱的？”

“不就是刚才警察和宪兵队翻的嘛。”

“这是公事，我们还得查！”那个戴鸭舌帽的特务终于忍不住了，露出凶相，四下搜查。

“电台已经转移了，任你们搜，看你们有什么能耐？”熊志华心里想着，然后倒了一杯水，沉着地坐在椅子上。

又前后折腾了近三个小时，见无油水可捞，那三个家伙才悻悻离去。天都快亮了，店伙计把熊志华存在栈房拿过来凑近了说：“我们老板平时都把这些人打点好了，他们一般只查客房，不查栈房的。”

“小兄弟，真谢谢你啦！”熊志华一边道谢，一边抓了把糖果塞给他。

天一放亮，熊志华便带着电台出发了。先乘火车，然后坐轮船进入青溪到达永丰客栈。在交通站接头后，便到5里外的吕铺村找到联络点陈嫂家，四个武装交通员在那里迎接他。

大家在陈嫂家一直待到天黑。晚饭后，各自做好准备，决定抄近路在天亮前赶到伯公凹。按照交通站的同志要求，每人将一条白毛巾搭在肩上，以便在夜幕中辨方向，途中不得出任何声音，如有咳嗽就用毛巾捂住嘴。

交通员丘寿科走在前面带路。他是个在本地出生长大的客家汉子，步履轻盈，枪法准。

拂晓时分，一行人便到了桃坑交通小站。这里已是闽西苏区范围。桃坑小站的赖义斋站长热情地烧火做饭，他的妻子梅芳嫂则端着脸盆到小溪边洗菜兼望风去了。

“砰砰”两声枪响划破了桃坑上空。熊志华和武装交通员意识到有问题，拔出早已上好膛的驳壳枪，往枪响处望去，一群匪兵正朝梅芳嫂追去。

“准备突围，护送电台往后山撤。”大埔交通站站长杨雄初大声命令道。

“老杨，你带他们突围，我来掩护。”丘寿科提出请求。

杨雄初看着丘寿科，拍了拍他的肩膀：“注意点！”说完便领着熊志华突围去了。

狡猾的敌人并不是全部追赶梅芳嫂，他们分成三路向整个村庄包围过来。

“砰砰”两枪，走在前面的两个匪兵应声而倒。丘寿科又连扔出两个手榴弹，硝烟弥漫，几个匪兵倒在血泊中，其他的趴在地上死命开枪却不敢起身追击。

好一阵后，匪兵见村里的枪声不密，判断人不多，又一窝蜂地冲了上来。丘寿科将几颗手榴弹一个又一个地朝敌扔出，敌人又停止了冲锋。

“都给我快冲，谁再停下来老子毙了他。”一个国民党军官狂吼。

几十个匪兵又冲了上来，丘寿科持两把手枪点射。随着一声空响，枪膛没子弹了。突然，一颗子弹击中了丘寿科……

蔚蓝的天空、巍峨的大山、参天的大树、奔涌的河流……在丘寿科脑海中旋转着。迷迷糊糊中，他隐约听到土炮声、喊杀声，用力地睁开眼看，“啊，我们的赤卫队来了。”

敌人被打退了，赤卫队员抬着丘寿科回到村里包扎，发现他胸部中弹。

这时，熊志华和几个交通员返回桃坑村，在大家的呼唤声中，丘寿科吃力地睁开眼睛，挤出微弱的声音：“电……台……”

“放心吧，已由赤卫队护送，马上就能送到中央苏区。”熊志华刚说完，丘寿科便微笑着永远闭上了眼睛。事后，梅芳嫂愤慨地告诉大家，是叛徒丘寿玉带敌人来的。

半个多月后，熊志华回到上海时才得知，因叛徒告密，原先安排与他接头的汕头地下党的同志都被捕了……

腰缠万贯走香港

白色恐怖日益猖獗的上海，中共地下组织活动经费严重告急，隐藏在上海的中共中央不得不经常向苏区提取打土豪劣绅没收的黄金、珠宝、光洋，以解决党中央的活动经费困难。

通过设在香港九龙的中共地下组织的电台，中央苏区接到了给上海党中央送 500 块光洋的指令。

闽西特委书记郭滴人接到电报后，披上单衣径直赶到大埔交通中站站长卢伟良住处，下达了护送光洋到党中央的命令。

第二天一早，卢伟良从郭滴人手上接过 500 块光洋，郭滴人再三叮嘱道：“这 500 块光洋。必须一个不少地送到香港我们的同志手中。”当时，一块光洋可以买一头牛。卢伟良接过这些沉甸甸的光洋，顿时感到肩上的担子无比沉重。

卢伟良领回 500 块光洋后，便把自己一个人关在房间里，按照与郭滴人商定的办法，将光洋一个个串起，分别绑在左、右手臂上，再缠上布条。这么做的好处是：如遇到敌人搜身，可以顺势双手举高，躲过搜查。另外，用布条将光洋紧紧地绑在手臂上，手甩动时不会发出声音。然后穿一件较窄的衣服在里面，外面套上对开襟衫，肩上用木棍扛着个小包袱，就这样一身打扮，他得坚持十来天才能把光洋送到香港中共地下组织那里。

出发前，郭滴人看了卢伟良这一身打扮都快认不出来了，原先那么精神的小伙子怎么变成一副病态，像个穷叫花子。

“好小子，有你的！路上可要注意安全。”郭滴人深情地对卢伟良说。

“是！”卢伟良双脚一并，行了个军礼便出发了。

卢伟良日夜兼程地赶路，两臂的光洋越走越觉得沉重起来，胳膊酸麻。到了永定桃坑交通小站，已是深夜一点多钟了。他匆匆吃了些地瓜稀饭便进入了梦乡。

第二天，按卢伟良的化装，应在白天通过敌封锁线，只要答词与化装对得上号，躲过敌人的检查是没什么问题的。一早起来，他擦了把脸，随手抓了几个熟地瓜，与交通站的同志告别后，边走边吃，几个小时便到了多宝坑。前面便是敌人的哨卡了，卢伟良径直往前走去。

突然，刺刀枪眼前一晃，两个敌哨兵大声叫道：“给我站住，没长眼，看不出这是什么地方？”

“哎呀，老总，行行好，我患了病，直冒虚汗，茶阳家中托来家信，老母亲病重在床，只顾挂念，没有看到你们，行行好吧。”

“天王老子都得查，把手举起来！”

卢伟良极为谨慎地缓缓将双手举过头顶，生怕碰出丝毫响声。另一哨兵背上枪，凑上前摸摸卢伟良前胸，掀开他的衣服，一阵久未洗澡的酸臭味扑鼻而来，熏得敌哨兵直想呕吐，随即愤愤地说：“大热天穿这么多衣服干吗，你想把自己闷死啊？”

“老总，你看我直发抖，好像打摆子。”卢伟良身上的汗臭，熏得敌哨兵就要吐出来。“你这叫花子，快给我滚！”

卢伟良见势连连点头，快步离开了敌哨卡。他抬头望了望天空，万里无云，火辣辣的太阳照在身上，汗水直流。他吃力地走着，感觉阵阵头晕眼花，几近虚脱。他停下来晃了晃脑袋，用手拍拍脑门，拖着坚毅的步伐朝青溪方向走去。

几个钟头后，终于来到了青溪乡虎沙头码头边的永丰客栈。卢伟良闪进房间，交通员邱寿书赶紧上前扶住他，让他坐在一把竹晃椅上，并递过去一把芭蕉扇，然后说：“煮些鱼汤粉条吃。”

到了这里，是卢伟良的地盘了，大埔交通中站就设在这里，他就是这个站的一站之长。

卢伟良半躺在这间临江小房内，江风阵阵吹来。客栈老板余伯煮了一大碗鲜鱼汤，焖了些鱼块端了过来，卢伟良吃得饱饱的。虽然这里相对安全，但他知道，下面的路将会更难。

傍晚，卢伟良匆匆赶往汕头。这是他离开苏区的第 5 天了，绑着光洋的手臂是又痒又痛又酸，说不清是什么滋味，有时会疼得一阵阵直冒虚汗。

大埔茶阳的码头与往日一样，卖鱼虾的、卖木炭的，人来人往。卢伟良对这里了如指掌，不用说码头上船的地方，就是哪里有哨兵，哪里有巡逻警察，哪里有几个台阶，他都一清二楚。卢伟良振了振精神，随登船的人流缓缓走去。

上船找好座位后，他便两臂垂直地搭在座位上，以减轻负担。这时的卢伟良头发蓬乱，衣衫褴褛，面无血色，身穿两件破衣衫，浑身散发着酸臭无比的汗味，惹得乘客不敢与他同坐。

船到汕头码头后，卢伟良随乘客一起下了船。这回没遇上军警检查，他顺利地上了岸，到售票窗口买了一张当日到香港的轮船票，便到了一家小食店吃了两碗酱肉面，然后靠在角落上休息。

下午4点半，卢伟良拖着一双沉重的脚步，登上驶往香港的轮船。他自个都有些受不了了，天气炎热，又不敢脱去衣服，便找了船甲板上的一个遮阴处坐下。船开动不久，海员发现这个衣衫褴褛的人躲在这里，查了他的票，令他回船舱座位坐好。卢伟良刚要起来，两手臂的酸痛又一次袭来，加上热得难熬，令他直冒虚汗。他晃了一下身子，站稳后慢慢地走进船舱。

又熬过了漫长的两天，轮船终于抵达香港。看到熟悉的九龙，卢伟良长长地吁了一口气，终于就要完成党交给的重要任务了。他咬了咬牙，一步一晃地上了岸。原先几次到香港他都打扮成商人，一上岸便手一招，人力车飞速赶来接。可这次，他的身份是一个穷打工的，不能乘坐人力车，否则会引起巡捕的怀疑，于是吃力地一步一步往接头点走去。

一个多小时后，卢伟良终于与香港的地下党组织接上了头。这一个多小时，他又不知忍受了多少痛苦的折磨，手臂每摆动一下，便揪心地痛。他一进屋便昏迷过去，派去接头的人立即给他解开衣服，松开绑在手臂上的布条，慢慢取下那沾满血迹的一块块光洋。

时任中央交通局局长吴德峰后来回忆说："交通员卢伟良一人孤身从闽西带500块光洋到香港，为避免敌人发现，他在自己两个手臂上各缠250个，外面再套上衣服，当时天气炎热，光洋把手臂磨破了，但卢伟良泰然自若，闯过重重难关，到达香港时，内衣都被血肉粘住了，真是太不容易了。"

卢伟良曾担任位于大埔青溪乡、被称为虎口交通站的大埔交通中站站长。自 1930 年成立交通站至 1934 年 10 月红军长征期间，几百吨的物资，以及包括叶剑英、周恩来、刘少奇、任弼时、陈云、蔡树藩等在内的 300 多位党的干部，从这里中转后穿越敌人的封锁线，进入苏区。

1934 年 10 月，卢伟良参加了二万五千里长征，担任红军总司令部一局参谋。到达延安后，他又任从延安到上海的交通员，经常与宋庆龄、潘汉年联系，把上海支援苏区的经费和药品带到延安。抗战时期，他任新四军东南局交通站站长，负责将重要物资和华侨捐款及爱国青年送到新四军。解放战争时期，任山东渤海军区参谋处长，后进入中央党校学习。新中国成立后，任广东兴梅地区行署专员，广东省人民检察院副检察长等职。1988 年 5 月，在广州逝世。邓小平、杨尚昆、胡耀邦、张爱萍等人分别在他病重期间以各种方式予以关心。

省委书记也成了运输队员

大埔青溪，皎月高挂。永丰客栈旁不远处的三间农舍旁，20多个身穿黑衣、手拿扁担和麻绳的男女陆续走来，一会工夫就都挑着扁担聚集在农舍前的小晒谷坪上。只见一中年汉子手一挥，一行人便消失在茫茫夜幕中。月光下，挑着担的身影在连绵起伏的山路上蜿蜒而过。

承担这次运输任务的，有大埔埔北区委组织的妇女运输队、闽西特委组织的物资运输队，他们正给苏区运送一批印钞纸，由武装交通员全程护送。

埔北妇女运输队队长李阿镰不到30岁，高挑的身材，结实的身躯，看上去就是个有力气、能干活的农家妇女。她的丈夫前些年参加了红军，跟着她的队员有饶阿亮、古阿八、邱阿莲、吴贵妹、陈阿伍、许耕妹、陈阿粟、余乃英、邹段英、涂有英、唐阿蜂、余群美、丘阿七、香英、茶英等十余人，她们这时都一个个精神抖擞地行进在运输队行列中。

1931年11月，中华苏维埃共和国临时中央政府成立后，将闽西工农银行与江西工农银行合并成立国家银行，需要大批印刷发行苏区纸币。交通员采购印钞纸、运输队做好及时抢运，便成了新的任务。交通员带着光洋从苏区奔赴香港历经艰辛买到 10 令钞票纸，务须迅速转运进中央苏区。

在买钞票纸过程中，还有一个小插曲。交通员带着光洋从苏区奔赴香港采买 10 令钞票纸，因不懂行情，急匆匆地在一家商店要买 10 令钞票纸，令老板一下发了呆："香港汇丰银行每次都只买一令、半令，你们买这么多干什么？"

这种情况若是被特务、暗探发现可就不好办了。交通员机灵地改口说："上海一·二八事件，国民党准备迁都洛阳，因交通不便想一次多买些。"

与老板缠磨了一会儿，交通员最后想出了办法，分别叫十几个人去买，最后凑齐了 10 令钞票纸。一场虚惊算是避免了。

几天后，这批物资转运到了桃坑，闽粤赣省委书记邓发一接到报告，当即亲自带队奔赴桃坑抢运钞票纸。

邓发腰插勃朗手枪，手握扁担、麻绳，像预备冲锋陷阵的红军战士一般。沿途，苏区的一些群众所见这支队伍，还以为他们手里拿的扁担是什么新式武器呢？

远处，悠悠传来了清甜圆润的歌声：

妹妹挑箩我撑船，山道水路连兵站。
担担物资不停步，扁担根根连成串。
来来来，支援红军上前线。

这些外层包着油布，里三层外三层包扎的钞票纸，经埔北妇女运输队运送过来后，由闽西组织的运输队在邓发的带领下接了过来。从桃坑出发，到红都瑞金有500多里的路程，他们日夜不停地赶运，不到四天就顺利地送到瑞金的国家银行。

“呵呵，我们的大书记也抡起扁担带起运输队伍，真不简单哟。”毛泽东的胞弟、国家银行首任行长毛泽民热情地接待了邓发带领的运输队员。

“说什么话嘛，书记就不用拿扁担做武器啦？你还别说，扁担这武器用得好有时比枪还管用呢！”邓发笑着说。

“你这个神通广大的省委书记，又搞了多年地下工作，在你手中什么东西不可当武器用？哈哈！”

“我说行长先生，我们这么老远挑运来的钞票纸可变成多少钞票呢？你这个行长该要怎么谢谢大家呀？”

“好说好说，晚上我请客，四菜一汤，辣椒炒大蒜、辣椒炒红薯、辣椒炒黄豆、蛋汤，如何？”

“这是想辣死我呀，全是椒辣，我还不如去吃红米饭南瓜汤呢！”

“这样吧，再加个红烧猪肉总可以吧。”

“这还差不多。”邓发转身对运输队员说，“同志们，我们送钞票纸有功，晚上国家银行毛行长请我们赴宴，我们先表示感谢吧！”

热烈的掌声随即响起，大家在说笑中嬉闹着。

每次运送物资，从青溪起程到永定至瑞金，除运输队员担运物资外，还专门派有一支侦察队在前面探路。每次的运输路线都是根据情况变化而精心设计的。侦察队员在前面探路，如发现运输线路上有敌情变化，便会在几个事先讲好的地点说明情况，以便及时调整路线和做好防范，保证物资安全运输进苏区。

运输第一中队在一次执行任务时由交通站站长曾昌明、交通员温仁宝等护送，他们从青溪出发一个多小时后，已是晚上近 11 点了，埋伏在山两边的靖卫团发现了运输队，双方交起火来，沉寂的山沟突然枪弹声震天。持续十几分钟后，运输队边冲边打，护卫的武装交通员连续扔出几颗马尾炸弹，走在前边的团丁死于炸弹下，其余的趴在地上再也不敢追了。

时至凌晨 4 点，运输队一路冲杀来到秘密交通站，见茅棚已被烧毁，从村口大枫树的树洞中取出一张纸条，上面写着七个带血的字："有叛徒，路线要改。"霎时，武装交通员急忙护送运输队员绕开原路，迅速地隐蔽前行，离开永定县境，进入上杭兰家渡。

他们绕山涉水刚越过敌人的碉堡，忽然，远处隐约有动静，交通员温仁宝以为是眼皮打架想睡觉的缘故，他定了定神："呀，前方是有一个营的兵力在动。"他赶紧报告曾昌明站长，并摸了摸腰间的枪。"不好，情况万分危急，看样子敌人是去我们交通站的那个村子。"这时，回去通知已来不及，曾昌明拔出手枪，选择好有利地形与温仁宝埋伏了下来。

敌人一步步朝他们走近，50 米……30 米……20 米。"打！"曾昌明用低沉的声音下了命令。

两人四支驳壳枪不断向敌人点射，并将仅有的 4 颗手榴弹朝敌人扔去，随着轰轰的爆炸声，敌人被打蒙了，四下溃散。

曾昌明、温仁宝捂着握成喇叭状的手朝敌人大声喊："一排包抄上去，别放跑了敌人；二排从左侧；三排从右侧包抄上去，冲啊，杀啊！"他们边喊边打，可谓声势浩大。

突如其来的枪弹声和40多个敌兵被毙，不少敌人掉下山谷丧命，都以为中了红军的埋伏，四下拼命逃跑。

曾昌明、温仁宝枪里的子弹快打光了，手榴弹也扔完了，便悄悄地往目的地走去。

敌人四下逃散后，回到营垒，第二天早早便搬来一个团的兵力前来报仇，四处找红军的游击队较量，结果连一个影子都没看到，只好草草收场。而我们的运输队历经波折，还是顺利地将物资运送到了瑞金。

历经三次的反“围剿”战争，苏区范围不断扩大，兵员也速猛增加，苏区的各项工作都在新形势下有了新的要求，用手刻蜡纸印刷报纸、杂志等宣传品已不能适应形势的需要，中央想方设法要搞到一台印刷机。

根据指示，交通员在香港买了一台英国产的小型印刷机，像护送宝贝一样费尽心思才将它运到青溪。运输队员见这个重达四五百斤的东西，拆又拆不开，扛又不好扛，甚感为难。

“这是铁的任务，就是一步一步挪也得挪到瑞金去。”交通站站长下了命令。

面对这个庞然大物，而且是不能随便碰撞的宝贝，运输队员小心翼翼地将印刷机五花大绑捆好，挑了两根又粗又硬的竹竿，选了四个壮实的运输队员，扛着便上路了。

要越过封锁区，扛着这庞然大物在崎岖不平、杂草丛生的山路上行走可不是件容易事。从青溪到多宝坑交通小站仅5华里，走了三个多小时也还差一半路程。

运输队员艰难地行进在山谷间，突然，一声枪响传来。走在前面的武装交通员随即停下脚步观察，抬着印刷机走在前面的队员被枪声一惊突然一脚踩空，险些滑倒，整个印刷机顿时重心不稳朝山坡处倾斜。一旁担任护卫的交通站站长卢伟良见此情况，一个弓箭步过去双手顶扶着竹竿……

“好险哪，要不是卢站长扶住，印刷机有可能滑下山坡的。”一会儿，前面交通员传来消息，没有异常，之前的枪响可能是敌哨兵走火。一场虚惊过去，队伍继续前进。

又走了将近两个小时，好不容易进入永定苏区的桃坑小站。闽粤赣省委书记邓发也加入了抬扛印刷机的行列中，只见他在后面肩扛竹竿，有节奏地喊起号子：“嘿哟，前进，嘿哟，前进。齐步走啊，力量大呀。”经邓发这么一喊，嘿，大家脚步一致，走起来快多了，抬的人也不觉得太累了。于是，大伙齐声喊了起来：“嘿哟，前进，齐步走啊，力量大呀……”

就这样，一批批物资在运输队的护送下及时被送到瑞金，发挥着它们各自的积极功效。

《申报》里的《红旗》

“卖报，卖报……国民党又打了胜仗。”嘈杂的人群中，闪现着中共地下交通员小王的身影，他握着几份中共编印的《红旗》，听到报童的卖报声，走过去买了一份《申报》，随手卷在《红旗》外淹没在人流中了。

在上海这个国际大都市，码头、车站上，形形色色什么样的人都有。斗智斗勇，成为交通员最应具备的素质。

“在战场上我们伪装隐蔽，保全自己是为了战胜敌人。我们地下战场也是一样，不过比地上战场更巧妙就是了。”时任中共中央交通局局长的陈刚常对战斗在秘密交通线上的同志说。

1930 年夏的上海，交通员小王接到转送中共机关刊物《红旗》到香港中共地下组织的任务。《红旗》是 1928 年 11 月 20 日创刊的中共中央的机关报。小王将刚买的一份《申报》卷住几份《红旗》杂志，随着人流只身走近港口，心里揣摩着：这宣传刊物可如何隐藏以避开敌人的检查呢？藏在身上，单衣会露出痕迹，也会遇到搜查，显然不行。藏在包袱中，敌人检查时一翻不就被发现了，也不行。想了许久，小王作出冒险的尝试。他买了四斤包装考究的糖果，一手提着糖果，一手拿着裹有《红旗》的《申报》。

过了外滩，刚进入维尔蒙路不久，突然一帮军警冲出，拦下行人进行搜查。

小王慢条斯理地将四斤糖果往地上一放，将《申报》握在手上高高举起双手。军警从上到下全身搜了个遍。沉着、冷静的小王面不改色心不跳，装作若无其事的样子，一番小市民那种“老油条”味，抖着脚，举着双手左顾右看。搜查的军警见他这种姿态，草草地上下摸了一遍，便放行了。根本没人注意他手上拿的刊物，就这样小王脱离了险境。照老法子，小王还是一手拎糖果，一手握着《申报》顺利登上了去香港的海轮。

到香港后，他化装成工人师傅模样，手提文件包登上了电车。突然，电车一个急刹车被拦停了下来，小王意识到又要“抄靶子”（搜查）了。

“这下可不好办了，手上拿的一包《红旗》刊物该怎么隐藏呢？”小王机智地环视了一下周围情况，见自己身边一位涂鲜艳口红、衣着时髦、长相漂亮的太太正傲慢地发牢骚。于是他不动声色地将《申报》及包裹着的《红旗》放在了这位太太身边的座位上。

“车上的人听好了，都给我站着，一个一个检查。”几个国民党特务上车检查，车门口两个特务持枪把守着。小王若无其事地任其搜查，并慢条斯理地从裤兜里摸出些五香瓜子悠然地嗑了起来，特务搜查了他的身上，也没发现什么东西，便猛地推了一把：“靠边去。”这时轮到他身边的那位太太了，特务见这个女人昂着头，一脸怒气，气度不凡，不由降低了声调：“请例行检查。”只见这位太太顺手将手拎包往《红旗》上一搁，站立起来接受检查。特务们看着眼前这位妖娆性感的太太，根本没留意她的手拎包和包下的东西。不一会儿，电车又开动了。

一场惊险的斗智斗勇又过去了。

船头竹帽的玄机

汀江，青溪沙岗头。一只小木船悠悠地顺水而下划到江心，站在船头的船夫余良宜迎风而立，宽宏的歌喉唱起来：

竹竿一点船开出，清风徐徐好惬意。
太阳照时戴竹帽，宽阔江河任我行。

站立在船尾的是船老大余维基，他们的这只船叫漳溪船，方才接到有货的任务，晚上 11 点上货。于是提早撑出前往大埔，做好准备。

天渐渐暗了下来，木船顺水漂流在汀江上，沿途岸边不时闪烁着灯光。夜里的江风把水面吹起层层波浪，船被江浪打得左摇右晃。

一会儿，余维基到船舱取出竹帽挂在撑竿上，悠闲地抽着烟。

竹帽在撑竿上高高挂着，岸上的国民党巡逻兵双手持枪来来去去。但他们哪里知道这其中的秘密，谁也不会去搭理这破旧的烂竹帽。

“自己人的船来了。”大埔交通站的孙世阶手一挥，漳溪船便解开缆绳往货场靠了过去。货场的几个工人，各就各位，各行其责，将一件件货物装上船，整齐地摆放好。

此时，余维基取下竹帽放回舱里，并喊了声："江面无风，好起船啰！"岸上的孙世阶听到后摆了摆手，示意可行。这是一句暗语，如果国民党兵、特务要查验或刁难时，船夫便会喊"江面起风了"来告知岸上的同志。满载苏区物资的船在月色中缓缓地往青溪方向驶去。因这里往青溪是逆水行舟，一般情况下，载货的船都得由雇主在岸上拉着走。有时货着急，还得雇火电船拖行。

这天晚上秋高气爽，纤夫们拉着货船在水流湍急的地方行走，领头的不时大声喊着："加油，嘿哟……"

伴着纤夫的劳动号子声，小船进入到了青溪沙岗头。等候在岸边的革命群众迎上前将货卸下，迅速搬运到离岗头不远的余国平家。

1985 年，时年已有 79 岁的余良宜曾回忆说："我撑的船是维伯（即余维基）的，叫漳溪船。这条船 4 个人撑，有维伯、余良周、余良深和我，年龄属我最小。我们的船撑柴炭下潮州，在潮州载上货，由火船拖到茶阳，到茶阳后自己撑上青溪。走潮州的还有曲伯（余永菊，也常载运苏区的货）的银江船，一般就到竹排口找青溪的船，与船主联系，晚上 11 点上货，我们把竹帽放在船头撑竿上，货上完了就拿掉竹帽。有竹帽的船，交通员就知道是自己人。货急时，就加钱叫火船拖，如给别人拉是 40 元，我们就给 60 元，我们运的货有洋油、硝酸、报纸，也有布等。"

1931 年 12 月 6 日傍晚，寒风夹着小雨。大家早早吃过晚饭躲进了被窝。

永丰客栈里一个商人打扮的老板脚步匆匆进来："卢站长，中央急令，明有高级干部入苏区，要派两条船护送。”

卢伟良沉思着，一般情况下派一条船足够，上级点明要两条船，可见这干部绝不一般。容不得他多想，眼下派谁去较稳妥呢？卢伟良将一个个船老大的名字排列着，这些船老大有的是共产党员，有的是革命群众，都革命坚定，撑船功夫也都扎实。想了片刻，卢伟良决定派余维邦、余永菊二人分别撑船前去。这两个人身材高大、结实，前些时候在水中比赛，他们潜游在水里半天都不见踪影。

听完任务，余永菊二话没说，利索地穿好衣服到门边拿上斗笠蓑衣便来到沙岗头码头。青溪交通站的交通员雷德兴也随船而去。

约莫 10 点钟，由潮州来的小电船靠近了码头，两条等候许久的木船一前一后缓缓地靠近。按事先部署，余永菊撑的船负责载人，另一船负责护送。两只船的船头都醒目地挂着竹帽。小火轮刚抛下锚，余永菊的银江船就靠上前，眼尖的交通员黄华见挂有竹帽的船已靠过来，即刻做了一个手势，便与一个画像师打扮的人上了木船。

余永菊迅速取下竹帽，将撑竿向上一举，这是他们商量好的暗号，另一只船随即也取下竹帽，两船一前一后地保持距离往青溪奋力划去。

船上几个人一言不语，神情严肃。余永菊、余维邦知道这次护送任务的重要，他们站立船头，手执撑竿，眼睛不时往汀江两岸扫视。嗖的一声，对岸两只野鸡被惊动朝远处飞去，余永菊、余维邦和船上的交通员雷德兴、杨雄初几乎同时作出快速反应，几个人前前后后地护卫着船上画像师打扮的人，并把腰间的手枪拔出来上了膛。余永菊、余维邦两个船老大趁势一侧闪，用身体挡着船舱里的干部。

“哈哈，我还以为是什么东西呢？”雷德兴见是野鸡被惊松了一口气。

傍晚时分，护送的两条船顺利抵达沙岗头码头，一行人很快就进了永丰客栈。至于这次护送的干部是谁，他们谁也不知道。直到新中国成立后周恩来问起邹日祥、江崔英夫妇的情况时，他们才恍然大悟，知道那年护送的干部竟是周恩来。

大埔青溪交通站与其他交通站的性质不一样，要在水路上和陆地上执行护送任务，且是在白区敌人封锁严密的地带。交通站除配有武装交通员外，在地方党组织的配合下，还成立有物资运输队、除奸队。交通站为开展护送干部和苏区物资的需要，专门购置了3只大船、2只小船，开设了接待和隐藏干部的饭店和客栈。几年来，这条从上海党中央到中央苏区的秘密交通线，在敌人的白色恐怖和疯狂破坏中，把中央苏区急所需的党的干部、情报以及几百吨各类物资从上海、香港、汕头等地运来，由青溪的这些小船转运至青溪陆地，再转送苏区，始终保持交通线畅通。

“煮熟的鸭子”飞了

虽然才 11 月中旬，埔北山区却已是寒气逼人。埔北大水坑山脚下的棣萼楼，房前屋后争相怒放的野山菊花，在夕阳余晖的映照下，显得格外耀眼。

这天傍晚，余积邦正领着十几个壮汉忙着往楼内搬运一箱箱、一捆捆的货物。

“我说积邦兄弟啊，你家前两天酿的米酒出味了没有？”余川生边搬边乐呵呵地同余积邦开玩笑。

“你的猫鼻子咋那么灵呀，我家酿酒你也闻得到？”

“嗨，这还真让你说准了，就我的嗅觉，一阵风来，凭酒香味保准闻得出那酒酿得浓和淡。不用说咱两家近，就是整个大水坑哪家飘出来的酒香，我都能闻出来，保准八九不离十。”

“积邦兄，既然你家酿的酒出味了，何不我们搬完这些物资到你家喝上几碗，待会我到豆腐店买些酱豆干下酒。”余维水在一旁凑热闹起来。

“你们这些馋鬼，酒是准备我家姑丈、姑姑他们走亲戚用的。”

“人都还没来，哪有这样准备的，俗话说，先到先得嘛！”余积金大声地起哄。

十几个人你一言我一语，搞得余积邦无言以对。本就不善言辞的他，被十几个人乱糟糟地叫嚷，于是把脸一沉："好啦，吵死人了。搬好物资把那坛酒干掉总行了吧！"

"积邦兄好人呀！"

"这才叫兄弟嘛！咱都是有福同享的人。"

他们说笑着干得热火朝天时，平日游手好闲的刘足卿突然出现在棣萼楼前。

"噢，你们这里这么热闹呀！搬的是什么宝贝呀？"余积邦警惕地看了一眼刘足卿，说："这是我亲戚从山那边拉过来准备运往大埔的丝烟和土纸，先存放在这两天。"

刘足卿三角眼一转，发觉大家神情不大对。料定这里头必有名堂，马上堆着笑说："哦，那各位就先忙吧，我有事先走了。"

这个正因赌钱手头拮据的刘足卿从棣萼楼离去后，便连夜摸黑快步往大埔县城赶去。

一到大埔县城，刘足卿便溜进了国民党大埔县县政府，见着了县长梁若谷。

"县……县太爷，今我在大水坑发现几个赤匪秘密隐藏物资，那些物资肯定是送往赤区的。"

"此话当真？"

"一点不假，千真万确。"

"那你赶快给我们带路！"

"唉，县太爷呀，那些赤匪认得我，要是我带路，他们日后会要我老命的，那以后我也就无法为你做事了。"

“那好，你就在这里待着。”言罢，梁若谷立刻找来县大队长交代了一番。

随即，国民党大埔县保安大队几十号人全副武装，跑步朝大水坑村方向扑去。因为地形不熟，误跑到邻村的三方村，一行人竟不问青红皂白地破门砸窗搜查起来，且主要搜查粮仓、阁楼等地方……

三方村的小学教师、共产党员刘光谱见状，马上联想到大水坑的物资仓库，估计这些人也不会放过大水坑。他当即嘱咐妻子马上赶到大水坑报信。

大水坑女共产党员李庆接到三方村送来的情报，三步并作两步急忙赶到余积邦家报告。

搬完物资的十多人这时正在余积邦家聊天喝酒。“大伙别闹了，赶紧放下酒碗，抢搬物资，将棣萼楼物资迅速转移到北山炭窑洞里。”余积邦下令说。他一边让余川生去通知人帮忙，一边叫上妻子和几个左邻右舍，抓上扁担、麻绳赶往不远处的棣萼楼。

一会儿，又有二十几个群众赶到棣萼楼。三十余号人抬的抬，挑的挑，不到一刻钟，几十箱电池、手电筒、火柴等拟运往苏区的物资便货去楼空，被安全转移到了山背后的旧炭窑中。

保安大队瞎折腾一阵后明白过来，急忙集合人马掉头赶到大水坑村。

“快，快，包围山脚下的那座楼房，一根毫毛也不要让他们溜走！”队长挥舞着手枪吼着。

一时间，机枪、步枪都对准棣萼楼大门一阵猛扫。厚实的大门顷刻间千疮百孔。“冲上去！”随着敌大队长的一声吆喝，几个敌兵冲上去踹开大门。棣萼楼内一片寂静，除了静静躺在地上的几捆稻草外，只有尚未散去的硝烟。

敌大队长只好灰溜溜地打道回府，折腾了一夜空手而归，他眼睛里挂满血丝，怒气冲天地叫来了刘足卿，把满肚子的气撒在他的身上：“你小子胆大包天啊，难道是故意戏弄我不成？我看是想钱花想疯了吧？”

国民党大埔县县政府内，刘足卿挨了一阵拳打脚踢后，跪趴在地上苦苦哀求县太爷。“救命啊，县太爷饶命啊，我说的都是千真万确的啊！是我亲眼所见的呀。”

“看来是物资被转移了。算了算了，放他一马。”梁若谷见刘足卿苦头也吃了不少，便对大队长说。

“要不是看在县长的份上，非打死你这个谎报军情的家伙不可！”敌大队长余怒未消地愤愤说道。

这个平日不务正业的刘足卿，本想通过告密捞点奖赏油水，没想到却落得个皮肉之苦，眼看就到嘴边的鸭子，闻到香味却又飞走了。真个是：痴心妄想发财梦，咎由自取皮肉绽。

后来，由于叛徒招供了余积邦转运物资的事，余积邦、余川生、余维水三人被捕，在国民党县保安大队受尽酷刑，宁死不屈，始终没有出卖党的机密，最后英勇就义在大埔的沙坝。

苏维埃女主席“傍大款”

范乐春，1931 年当选为永定县苏维埃政府主席。她是永定县金砂乡古木督人，参加过 1928 年轰动福建全省的永定暴动，曾是中共“五老”之一的林伯渠的夫人。

范乐春自幼失去父母，天性活泼，敢作敢为，爱唱山歌。中共地下党组织在永定秘密开展农民运动时，她就积极参加了农民协会，在当地群众尤其是妇女中影响很大。于 1928 年 3 月加入了中国共产党，同年参与制定了苏维埃政府《婚姻条例》，宣传发动妇女摆脱传统封建意识，争取婚姻自由。当选为县苏维埃政府主席后，深受老百姓拥护。

范乐春担任永定县苏维埃政府主席期间，正是中共中央在白区的干部大规模转移到闽西、赣南中央苏区的时候。永定是上海入苏区的咽喉要道，从上海到香港、汕头、潮州、大埔、永定、瑞金的这条秘密交通线上，除香港设立交通总站外，就是永定交通大站了。

永定的地理位置极为重要，它与大埔交界。大埔当时是国民党统治区，永定是中央革命根据地范围，赤白交界，由上海转移到苏区的干部经过险阻重重的白区后进入赤色区域的第一站就是永定。如何把党的干部和苏区物资安全、顺利地护送到目的地，是永定交通大站的主要任务。

为此，当时中共闽粤赣边特委专门发出文件强调说："巩固永定与绕和埔的交通线，保证苏区与党中央的联系，无论怎样的困难，这一任务要尽力完成。就是交通线摧残了，也应迅速建立秘密交通线。"这项工作当然也是永定县苏维埃政府主席范乐春的当务之急。

自 1931 年 8 月至 1932 年 3 月，范乐春担任县苏维埃政府主席和代理县委书记期间，接待了从白区进入苏区的干部达百余人之多，其中有周恩来、聂荣臻、伍修权、何叔衡、李富春、刘伯承、蔡畅、陈琮英、吴德峰、毛泽民、王首道等。

开国元帅聂荣臻曾回忆说："（1931 年 12 月）我是从上海乘船到汕头，下榻在交通站开的一间旅店内。第二天乘坐汕头到潮安的小火车，在潮安停歇一天后，便改乘火轮船。这些船也是交通站的，船上的工作人员都是自己人。当时韩江、汀江航道上有不少兵船和检查船只来往。但由于我们的船只事先与他们有过秘密关系，都不用途中停靠，可以直通航行到达大埔茶阳。然后再改乘小火轮到青溪。在青溪起岸后住在自己人开的客店里。因为当时敌情相当紧张，白天只能躲在谷仓里，到了夜晚，便由武装护送步行几十里山路而到达永定。这里已是苏区，不像沿途一样紧张。在永定期间，由一位女县委书记接待。她知道我的身份后，接待安排得极周到，第二天便派武装继续护送而到了瑞金。"

范乐春在代理书记期间，国民党严密封锁苏区达到了疯狂时期。疯狂的敌人为了达到消灭共产党的目的，使出了狠毒手段，除加强对苏区的军事围剿外，还想"抽干塘里的水抓鱼"，在苏区周围实行经济封锁。一时导致苏区物资匮乏，特别是食盐、布匹、药品等。

而苏区的土特产品、烟丝、土纸、木材也运不出去，造成经济极度紧张。此时，永定县委书记肖向荣调走，范乐春奉命代理县委书记。

在开展生产自救和加强从白区输进物资的同时，范乐春还想出了一个办法：让永定县城的老板为我们“运送”需要的物资，让他们去采购苏区急需的物资，然后运回销往苏区。

范乐春考虑到，要老板为我们做事，首先得让商人赚钱，又不能被敌人怀疑，保证他们的安全。

范乐春首先找到当地的商人李永源，同他谈苏维埃政府保护商人的政策，鼓励他在苏区做生意，并宣传了中国共产党所领导的红军队伍是为广大贫苦民众谋利益，倡导社会公平，让人民有饭吃、有衣穿，让商人公平买卖，搞活流通，保护商人权益，并介绍了其他苏区政府对商人的一系列优惠政策。

随后，范乐春将苏维埃政府区域物资供应紧张，特别是食盐和一些日用品的严重奇缺等情况告诉了这些商人，让他们一起想想办法缓解这些问题。

“范书记，我们也想多进些货卖，可国民党一些部门控制得很严格，一个店铺只能进多少货，而且还划出供应人口数量，要是没按规定卖的话，他们会对我们停止发货的。”老板李永源如是说。

“我们有的时候进货，特别是洋油（煤油）、洋火（火柴）、手电筒、电池等物资，那手续可是一套又一套的，渠道复杂，很是繁琐的，还要签保证书，一旦被发现是供应红军的话，要按私通红军论处的。”商人张荣喜一脸无可奈何地说。

“我们卖布的商人，进货时规定很严格，按计划供应的人口进货，一个季度按 1 人 3 尺计算进货。你说 1 个人 3 尺布怎么做衣服啊。”布店老板吴昌禄有气没地方出地诉苦道。

……

范乐春分别找了几家商店老板，通过了解他们口中道的苦衷，琢磨了法子后对商人们说：“他们有规定，我们想法子对付就是。他们按人口进货，我们可以疏通一些关系，向发货的官员施些小惠，多报些人口数量，从中多进些货。再者，你们卖货时，要对那些来买货的国民党地方政府官员、国民党军官、士兵等人诉说苦衷，并从中少卖些物资给这些人，对一些部门也尽量控制少卖，这里抠一点，那里挤一点，物资不就库存起来啦，这样就可以把物资卖给我们，敌人也不会知道的。卖给我们的物资，按卖价一分不少，同时保证不对外说，绝对保密。”

商人们起先都有些顾虑，说他们只是做些生意养家糊口，不想介入政事，再说如果让国民党当局知道了可就要杀头的，家家都有妻儿老小的，经不起折腾呀。

范乐春一而再再而三地苦口婆心地解释、劝说、宣传，不厌其烦地上门做思想工作，几个老板被范乐春这个本地人多次做工作而感动，慢慢接受了。

“敌人的那些规定，其实也是吓唬人的，我们在买卖过程中稍加注意，按范书记说的办法去做，应该是不会出问题的，只要平常多注意一下方式方法，做事不留痕迹，还是可以做得到的。”几个商人经范乐春多次的解释劝说下，终于同意为苏维埃政府提供一些食盐、布匹和洋油、洋火等物资了。

范乐春看到经自己努力，说服了老板们为苏维埃政府做事，心里真是高兴。这样一来，比派交通员到白区采购物资减少了太多危险和牺牲。

此时，一向爱唱山歌的范乐春山歌瘾又上来了：

红军前方打胜仗，妹在后方搞支前。
烟丝土纸卖出去，盐巴洋油换回来。
哎哟哩，
大家齐心努力干，势把江山来打下。

1931年7月，国民党部署的第三次对中央苏区的军事“围剿”惨遭失败，中央苏区更加壮大。苏区一派欣欣向荣的景象，令永定县城的商人李永源、张荣喜、吴昌禄等多家公司老板满心喜悦，他们相互传送，也更增强了为苏区政府采购物资、支援苏区的信心。

为了进一步消除商人们的后顾之忧，范乐春还冒险闯过敌封锁区，到大埔多宝坑邹日祥家，商定帮助商人们秘密运送物资进入永定的方案。还专门到多宝坑农民协会会员邹育祥、江瑞和、江彩芹、余乃英等人家中做工作，让他们协助运送物资。

此后，一时因经济封锁库存在苏区的烟丝、土纸、木材等土特产品，通过“源记号”“荣昌号”等公司，秘密地销往白区。又通过这几家公司采取相应对策，从白区一些大中城市采购食盐、布匹、洋油等紧缺物资，秘密地销往中央苏区，使苏区物资匮乏态势得到有效缓解。

面对经济封锁，没有盐巴、没有布匹、没有洋油……苏区军民团结奋斗，节衣缩食生产自救，还通过到白区购进、发动白区老板为红军服务等渠道，最终攻克敌人的经济封锁，粉碎了一次又一次的“围剿”，使根据地范围越来越大，红军队伍越来越强大。

不翼而飞的200支手枪

国民党政府对中央苏区发动的前四次“围剿”，可谓是“动了真格”的重大军事行动，无论出动的兵力还是使用的武器装备，都是下了大本钱的。然而，两年多的时间里，国民党军队与红军的对阵，落得十打九输的惨局，不但损兵折将，而且每打一仗就要被红军缴去大批武器弹药。几年前还只有单响步枪，连迫击炮都是稀罕武器的红军，装备不断增强。一般的战斗师、团都有了迫击炮和平射野炮，各连都有捷克式轻机枪和马克沁重机枪，有的师还拥有一部电台。这些先进的武器和装备，基本都是在战场上从敌方手中缴获的。难怪在红军中广为流传说“蒋介石是红军的运输大队长”，红军缺少什么，国民党部队就给送上什么。红军战士编了歌谣唱道：

蒋介石真大方，送来弹药又送枪。
朱毛红军讲礼节，用其枪炮击蒋军。

除了在战场上缴获敌人的枪支弹药，红军还有一条取得对方武器的渠道，这就是各地的秘密交通线发挥着特有的作用。当时面对配备精良的国民党军队，党和红军领导人费了不少脑筋去想办法征服对手。无疑，武器装备是一个重要因素。对手有飞机、坦克、大炮、电台和诸多精良枪械，而红军除了“小米加步枪”外，几乎什么都靠战场上缴获补充。从上海党中央往中央苏区输入一大批领导干部后，每位领导干部的配枪成了一时的突出问题。而解决的方式也就只有从国民党统治区去“拿”了，这任务落在了交通站和交通员身上。

地下交通员接受了任务，他们通过各种关系打入国民党内部，有的秘密调出武器，有的从分配指标中挪出部分，有的则是直接买卖交易，几个月的功夫，总算搞到一批手枪和弹药。但还不能放松的是，这些武器弹药得运送到中央苏区，否则将是一场空。

难题又一次出现在交通员面前。国民党统治区的各个码头、港口、车站、旅馆等公共场所，都布满军警、特务，而要将这些枪支弹药运送到数千里外的中央苏区，谈何容易。

上海法租界的一座豪华住宅内，中央交通局局长吴德峰和大埔交通中站的卢伟良、香港交通总站的饶卫华及中央交通局的交通员肖桂昌等在吴德峰租用的房子里秘密筹划着如何把200支手枪运进苏区。

“中央领导指示，这批武器急需运送进苏区，我们将无条件地、安全地将物资运入中央苏区，大家根据自己所处地域，想想如何躲避敌人的检查。”吴德峰表情严肃地说。

香港交通总站的饶卫华说：“前些日子我们有一批物资进苏区途经香港时，交通员化装成老板护送，被拦下检查时交通员赶紧上前递上名牌香烟和光洋贿赂检查人员，嘿，没的说，这招还真灵，你们猜那些军警怎么着？”

饶卫华停了一下，带着笑意说：“那些军警居然连看都没看，直接用笔在几个箱子上写了个‘查’字。”

“这个办法在上海、香港、汕头等地都还算行得通，进入大埔后，问题就不会这么简单啦，伟良同志发表一下意见吧。”吴德峰说。

卢伟良从座位上站起来，正要发言，吴德峰示意他坐下说。“轮船进入大埔排头坝码头，由大埔至青溪有 30 多里水路，这批物资走陆路显然更不安全，走水路呢，也经常有白狗子上船搜查。我想能不能做几个铁皮箱子，将 200 支手枪分别装进箱内，封好后扎在船底，这样就万无一失了。”

几个人沉思了一会，肖桂昌提了出看法：“这方法还算行得通，但沉在水里的铁皮箱能否严实密封，不让水浸湿武器弹药，要有把握才是。”

大家你一言我一语地分析讨论着，半个多小时又过去了。吴德峰这时站起来说：“大家所提见解甚好，咱们也分别探讨过，总体上还是行得通的，主要是护送中要做到胆大心细，切实保障安全。今天就谈到此。为避免巡捕的注意，咱们必须分散陆续离开。现在大家分头回住所，分两批走。”

11 月的上海，寒气逼人。外滩码头上，繁杂的人群、车辆，拥挤不堪。上午 9 点 50 分，几辆人力车匆忙来到码头边，一位头戴瓜皮帽，身穿大棉袍的北方商人模样的老板大摇大摆走下来，此人是中共地下交通员谢金顺，他身后跟着一个随从，拎着几个装有武器弹药的皮箱。

几个军警上前正要检查，谢金顺立即示意随从取出香烟、港币逐个分发，同时客气地将名片递过去："请多关照！"几个军警看这个老板如此大方，又是名气很大的公司，便痛快地让他们上了船。

近五天的航行，轮船抵达汕头。交通员谢金顺知道，下船货物还要经过海关督察的检查，他默默在皮箱里取出早已备好的香烟，下船时主动走近海关督查，递上名片和名烟，两个督察二话没说，果然很爽快就在几个皮箱上写了"查"字，很快放行。

就这样，装有武器、弹药的几个皮箱被送进了大埔码头对面的同天饭店。孙世阶、卢伟良从谢金顺手中接过清单，慎重地签上自己的名字。交通站有规定，交通员每送文件、物资到一地交接时，都必须签上接收人的单位、姓名，交指派机关备案。

同天饭店内食客云集，划拳、劝酒的声音嘈杂一团。位于厨房边的一个密室里，卢伟良和雷德兴等几个交通员正一件件地将武器装入专门加工的铁箱，四个扁平的铁皮箱装满了手枪和子弹。他们的每一个动作都是那般的轻巧有序，几乎没有发出一丝响声。

夜已深，店内客人早已离去。半夜子时，两只小船缓缓靠近岸边，远处传来几声猫叫，这是约好的通知信号。紧接着，同天饭店内的几个黑影快速闪动，很快便消失在夜幕中。

江水拍打着岸边的石墙，发出阵阵响声。船工余维基、余良宜等人与"黑影"接头后，麻利地潜入船底，将铁皮箱一一固定好。一袋烟的功夫，两只船徐徐地向江中划去。

翌日清晨，大埔排头坝码头一片繁忙。余维基、余良宜的两只船像往常那样停靠在码头边等货源。个把钟头后，两只船的人、货都齐了，余维基站在船头，将竹竿往岸上一点，道："江面无风起船啰！”很快，余良宜的木船也紧随其后划了过来。

青溪镇的沙岗头码头，午后迎来了两只小木船。客人下船，货物慢慢卸下后，几个国民党军警持枪走上船四下里看，余维基习惯地掏出香烟递过去。

“老总，您看，今天就拉了几个客人一点货，连酒钱都没挣到，唉。”余维基边掏烟边发牢骚说。几个军警在两只船分别看了看，叼着香烟摇摇摆摆离去。按国民党巡逻队的规律，晚上 8 点半至 9 点巡逻一阵后至夜里 12 点几乎没人巡逻。9 点半，余维基、余良宜悄悄来到船上，快速潜入水中，不一会儿，四个铁皮箱便从水中搬运到山间的炭窑洞里。当晚，闽西交通站派来运输队，第二天清晨便将箱子运到了闽西永定的交通大站了。

三天后，国民党陈济棠部的一个师指挥所内，几个团长正在挨训。“刚调来的手枪连看都没看到就不见踪影了，你们是怎么看管的，难道这些枪和弹药会走路？自己跑掉了？”

原来，负责看管仓库的人被中共地下组织买通社会关系后，秘密交易了这批手枪和弹药。至于这批枪流失到了哪里，他们是怎么也不会知道，这些枪竟配在了中共领导人的手上。

第五章　护　脉

山高水长路崎岖，恶魔野兽来侵袭。

举步维艰数千里，红色交通紧相连。

在白色恐怖的笼罩下，上海至瑞金这条数千里的路程在敌军警、特务的把持中，显得更加遥远和艰难了。红色交通员在穿越时有路不能走，有店不能住，他们翻山越岭、跋山涉水绕过封锁线，克服重重困难，千方百计完成党交给的任务。

遥遥千里路，悠悠革命情。红色交通员在这条秘密交通线上创造出许许多多的奇迹：他们携带秘密文件洒脱地走在上海大都市中，却没有被敌人发现；他们机智地布设“反间计”，搅得敌人草木皆兵；他们守口如瓶，丝毫不透露半点党的机密，视死如归。这条交通线上的群众更是抱着一种革命大无畏的精神，全力支持革命：他们出生入死配合交通员护送情报，毫无顾忌地担任联络员，明里暗间掩护着自己的子弟兵。正是有了这样优秀的交通员和无私支援革命的广大群众，这条红色交通线成为坚不可摧的地下航线，成为上海中共中央至中央苏区唯一保存下来的交通线。

卓雄和他的“执行科”

中央苏区第二次反“围剿”取得胜利后，国家保卫局的干事卓雄正忙着整理缴获的文件，忽听有人叫他，回头一看，见是局长邓发的警卫员。

“什么事？”卓雄问警卫员小李。

“邓局长请你马上到他办公室去。”

卓雄快速地整理好文件，便赶了过去。

“报告，执行科长卓雄奉命赶到。”

“来来来，先坐下。”邓发微笑着说，“近来上海党中央将有不少干部要来苏区，在白区敌人正加大封锁，制造恐怖，为了保证干部安全进入苏区，你到特务连去挑选几个精明强悍的年轻人，组成武装交通队。条件是：政治上过硬，思想觉悟高，打仗勇敢，枪法要准，体格健壮……”

邓发的话音刚落，卓雄便站起身行了个标准的军礼：“是，我即刻就去挑选。”

按条件要求，特务连张连长挑选了 3 名班长、1 名排长、3 名战士交给卓雄。卓雄见眼前的 7 名战士个个身怀绝技，功夫过人，当即就带回执行科作进一步的强化训练。

卓雄制定了一整套训练方案。在思想政治上，作出严格规定："武装交通员是党的忠诚者，所担负的任务极为重要，护送的都是党的重要领导干部，护送途中不允许有任何失误，遇到突发情况，首先要用生命保护领导干部的安全。遇事要沉着冷静、机智勇敢。万一被敌抓捕，不得供出战友和护送干部的任何秘密。"在军事训练上，卓雄结合武装交通员要爬山、过河等特殊情况，有针对性地组织强化训练。

很快，护送任务来了，从香港地下工作者传来的电波中获悉，从苏联学习回国的林伯渠将进入苏区。邓发命令卓雄带执行科的武装交通员越过敌人的封锁线，将林伯渠安全护送到中央苏区。

7 月的傍晚，风夹着热气吹来。卓雄和武装交通员身着对开襟衫便衣，每人配两支驳壳枪、两颗手榴弹，趁着夜色往大埔茶阳方向奔去。

大埔码头边的同天饭店里，船夫们秘密从香港开来的小火轮船上接下了一位戴眼镜、身穿长袍大褂的"先生"，他 1 米 75 出头的身高，像是一位教书先生的打扮。几声习惯的暗语信号一出，船上和同天饭店的同志几乎同时开始准备迎接客人的工作。

第二天一早，一条挂有竹帽的船划过来，卓雄护着"教书先生"匆匆上船赶往青溪。

到青溪时天已暗了下来，卓雄便部署了当晚的行动路线，两人在前面探路，三人护着"先生"，另两人断后。9 点过后，卓雄和武装交通员开始摸黑穿行在林中密道上。

陡峭的山路、杂乱的碎石、四周丛生的荆棘……根据以往的经验，卓雄要求全体人员光着脚赶路。因之前两个月护送一位干部时穿着胶鞋，被当地巡逻的民团发觉了胶鞋的脚印，认为肯定有要人进入苏区，便组织民团搜山，要不是跑得快，险些出了问题。但卓雄考虑到林伯渠是位有年岁的长者，光脚走路显然不行。于是想了个办法，把身上的衣服脱下来给林伯渠包裹着脚，这样就不会出现脚印了。

就这样，卓雄一行人护着林伯渠艰难地行进在敌人的封锁区域中，大家一个跟一个，不敢出声，不敢踩落山石，唯恐落石会引起反动民团的注意。

绕过山间的一条小水沟，突然一条长蛇窜了出来，卓雄急忙拉着林伯渠避开蛇，并细声说："好险啊，这蛇很毒的，前些天我们的交通员就被咬伤过。"

一行人摸黑走着，一步步往前挪动。眼看东方天空已透出亮光来，这时不能再行走了，得要等到天暗下来再行动。在铁坑交通小站内，林伯渠被安排在一家百姓的谷仓中休息。这个不足 4 平方米的空间充斥着臭味、汗味、酸味、稻谷味，吃喝拉撒全在里面，没有窗，只能靠门缝透气。

7 月的白天显得特别长，终于，漫长的一个白天总算熬过去了。卓雄他们匆匆吃过晚饭，便又准备启程赶夜路了。前面三里处有敌人碉堡和一个连的驻军，外围还配有民团，只能绕开村庄走崎岖山路。谁知走出不远，忽然远处闪现火光。"这是敌人的巡逻队。"卓雄随即命令武装交通员做好战斗准备，并命令说："如果敌人靠近了，你们想方设法把敌人引开，我负责保护领导同志的安全。"然后大家趴在地上静静观察着敌方。一刻多钟过去，敌人往回走了。卓雄松了一口气，命令大家继续前进。

从大埔青溪出发的第三天后，林伯渠终于有惊无险地到达了闽西交通大站。“啊，苏区！我到家啦！”他大声感叹着，也觉得太累了，随即坐下休息。卓雄细一观察，见他脚上包的布早已磨破，露出血迹斑斑，赶紧叫来医生处理，并找了双布鞋给他穿上。休息几天后，林伯渠骑马到达瑞金。

卓雄就是这样率执行科的武装交通员在白区与红区的交界地来回穿梭忙碌，安全护送了一个又一个党的干部。他们明知山有虎偏向虎山行。在护送途中，凡是有村庄的地方不能进入，看到有炊烟、有鸡啼狗叫的地方不能靠近，只能绕开村庄攀爬陡峭山路。白天不能走，只能躲在革命群众联络点的谷仓或是山上的草寮、山洞里休息，忍饥挨饿，到了晚上再摸黑爬山路，本来一两天就可走到的路途，有时因敌情变化却要用七八天的时间走到目的地。

开国元帅聂荣臻曾回顾这段征途时说：“我们和秘密交通站接上头以后，一切行动都听向导的，走了四五天（每天只走三四十里）。因为都是在白区，要通过敌人的封锁线，又经常要赶到可靠的投宿地点，有时不得不赶路，有时不得不停下来等待时机，每个人都准备了一套对付敌人盘查的说辞，幸好许多难关都被我们闯过去了。”

从上海至中央苏区的秘密交通线，除码头、车站等须检查有些危险外，关键是大埔至永定这段白区与红区交界处，敌人有重兵驻守，地方反动民团对本地的路段巡逻监控，还有叛徒特务在暗处监探。所以必须绕道走高山密林，想方设法通过敌人封锁严密的区域。白天不能走路，晚上天暗下后才敢行动，露宿在山林、草寮中，夏天蚊虫叮咬，冬天严寒风雪，而且时常会遇上毒蛇、老虎等。然而，面对这一切的艰难困苦和危险，武装交通员和执行科的同志都毫不畏惧，坦然面对。

新中国成立后，卓雄曾回忆说：“这一带与苏区对峙的地方，驻扎着国民党陈济棠的大部队。他们封锁了苏区，将部队布满了闽、粤、赣三省交界的大小道路、城镇和村庄，并经常出来活动。但不管敌人如何严密封锁，我们的交通员都出色地完成了每一次的护送任务，每次都能化险为夷，逢凶化吉，机智、勇敢地处理每一个险境。”

1933 年以后，卓雄进入红军学校学习，保卫局派李玉堂接替了执行科工作。

在卓雄任中央保卫局执行科长期间，曾率执行科武装交通员安全护送了林伯渠、陈云、博古、李德等二三十人到中央苏区。后来，他参加了中央红军二万五千里长征。1937 年 1 月，他先期前往延安为党中央勘察地形、选择驻地、布置警卫等工作，后进入抗大学习。新中国成立后，历任公安部行政局局长、地质部副部长、福建省革委会主任、福建省委书记、国家民政部副部长等职，为中国革命和社会主义建设做出巨大贡献。

“乡巴佬”活跃在大都市

20 世纪 30 年代的上海，霓虹灯闪烁、汽车穿流，商店里琳琅满目的各式服装鞋帽、香水化妆品让人目不暇接。

广东琼山县的曾昌明，1926 年便参加了革命。这个平日连草鞋破了用稻草拧上接着穿的朴素农民，自 1929 年后便一直奔走于瑞金、闽西、香港、上海之间。出于工作需要，组织上给他配了一套西装、一件长衫。1930 年 5 月中旬，江西瑞金红四军前委一份情报需急送上海党中央，毛泽东将这个任务交给了曾昌明。虽然常年在交通线上活动，但这还是曾昌明头一次去上海。

临近赤白交界区域时，曾昌明将组织上配给他的长衫穿了起来。里面是摞着补丁的对襟衫，外面一套崭新的长衫，显得臃肿而不自在。

曾昌明自顾自地低头走路，有意识地装着不知道闯过敌人封锁区的岗哨。

“站住，干什么的。”敌哨兵问道。

“做小买卖的，到汕头进些货。”

那哨兵边问边打量着这个老板模样的人，发觉他长衫里面鼓鼓囊囊像是藏了什么东西。

“里面藏着什么？解开衣服搜查。”说着便掀开曾昌明的长衫，一双贼溜溜的眼睛盯住他里面那件有补丁的对襟衫。

“我说你这是什么老板啊，有你这样外面穿新衣，里面穿烂衣，一件套一件穿的吗？”说着，他眼光一闪：“说，是不是共产党？”

曾昌明心里咯噔一下，难道敌人看出了什么？“遇到问题时一定要沉住气，要冷静。”这时，邓发书记的话闪现在他的脑海中。敌人不可能发现什么的，要装得像小老板，冷静机智面对眼前的一切。

“哎呀，老总，不要冤枉好人呀！我一个做小买卖的人，为的挣些钱养家呀。眼下天气又转冷，只好将外衣一件套一件穿上取暖。”曾昌明苦笑着说。

“当老板的路过这里也不给老子发烟，这点规矩都不懂吗？”

“老总，我不会抽烟，下次一定给你们捎上好烟。”曾昌明边说边弯腰点头。

敌哨兵见这个土包子打扮得洋不洋土不土，取笑一阵后便放他过去了。

曾昌明顺利地在青溪上了船，从潮州坐火车赶往汕头，又乘船经香港到达上海，一路上，倒也还风平浪静。几天后，轮船停靠在黄埔江边的十六铺码头。

好不容易到了约见地点。曾昌明停了下来，按照接头暗号，他取出火柴划了三下，慢慢地点上一支烟。

“先生，借个火。”一个中年汉子凑了过来。

曾昌明说：“不客气。”又取出火柴划了三下，帮对方把烟点上。

接头暗号对上了后，曾昌明被来人引进一间屋子里，将情报交给了接头人。

“同志，你这身打扮出门赶路还行，但是在上海活动就很容易会引起敌特注意的。”说着，中央交通局的同志从屋里拿出一套在上海很常见的外套给他，并帮他打扮了一番。“该讲究的时候就要讲究，这是我们工作的特殊性决定的。”

曾昌明经接头人这么一说，再看看此刻的这身打扮，确实得体多了。他笑了笑，不好意思地对接头人说：“怪不得我一路来时，在船上、火车上总有那么多眼睛盯着我看，我这土包子在大都市太招人眼了。”

从上海回到中央苏区没几日，另一名交通员肖桂昌又在红都瑞金接受了另一项重要任务：送金条到上海党中央，用于购买中央红军急用的药品。

携带金条数千里，途中要穿越敌人道道封锁线，能否完成护送金条这个任务，身份的化装是至关重要的。招人耳目的老板等有钱人的身份显然不行，以普通人的身份又容易受到盘查搜身的骚扰。经反复思量琢磨，肖桂昌终于想出了一个好办法。

为了让金条不便发现，只有多穿衣服保护。于是，肖桂昌先用布条把金条一根根串起绑好，然后均匀地固定在两只手臂的上半部。这样，为避免暴露，在半个月之内到达上海之前，中途衣服是不能更换的，也不能随意添减。

6月的天气，已是酷暑逼人了。肖桂昌化装成赶远路外出找活干的雇工，启程前往上海。一路上，衣服被汗浸湿了又干，干了又汗湿，几天下来，肖桂昌浑身散发出酸臭味。

终于到了大埔青溪的赤白交界处，守候在路口的两个敌哨兵看见一个饿得面黄肌瘦的人朝哨卡走来，把枪一横，喝道：“干什么的？”

“我要到汕头去，那边有个亲戚介绍我去做工。”肖桂昌一靠近哨兵，身上那浓浓的酸臭味不时散发出来，令哨兵恶心想吐。

敌哨兵实在受不了那气味，应付了事地在他身上胡乱拍打了几下，便骂骂咧咧地挥手示意让肖桂昌走人。

肖桂昌还装作一副傻样，嘴里谢个不停地故意往敌哨兵身前靠，敌哨兵赶紧捂上鼻子气愤地挺枪叫骂着：“快给老子滚远点，你这臭叫花子！”

“哦，哦，我滚，我滚。”肖桂昌拖着烂布鞋，起身继续上路，边往前走边装作惶恐地往后张望。心中却暗想：你们这些傻瓜，哪知我的苦肉计！

傍晚时分，疲惫不堪的肖桂昌终于到了永丰客栈。听了肖桂昌说完前面闯关的一幕，大埔交通中站站长卢伟良乐呵呵地拍着他的肩膀说：“哈哈，瞧你这模样，比叫花子还叫花子，不用说人见了要避之三尺，就是鬼见了也要让你三分哟！”

第二天，肖桂昌一路乘船到潮州，再转乘火车到汕头，然后登上轮船抵达上海。在中央交通局局长吴德峰住所，肖桂昌露出满是擦痕的手臂，撕开步条，解下金条，如数交给了吴德峰。

看着眼前黄灿灿的金条，吴德峰关切地问：“你说说看，一路都是怎么挺过来的？”

于是，肖桂昌便将为了将金条隐藏好，大热天里还得多穿衣服，又不能洗澡换衣服，浑身热痒难耐的事扼要叙说了一番，还打趣说多亏了这一身臭味，闯关过卡还真管用，熏的那些白狗子一靠近就想吐，哪有心思来细查。坐车坐船时，别人都离着远远的，座位可宽敞了……

吴德峰听罢，不由哈哈大笑一阵，然后叮嘱肖桂昌："在上海这几天好好休息，特别是要多洗几次澡，我可不愿意被你熏跑呀！"

李沛群，来自广东饶平一个贫苦家庭，15 岁那年便出外当学徒，饱尝人间辛酸苦辣。1925 年，参加省港大罢工。19 岁加入中国共产党。大革命期间，他常参加农民讲习所举办的周会等活动，有机会与周恩来、陈延年、邓中夏、彭湃、毛泽东、林伯渠等人接触，受到了很好的革命熏陶，为他后来被调任中央交通员打下了坚实的基础。

中共六届三中全会召开期间，1928 年 7 月，李沛群被调往由中央秘书长邓小平领导的中央外交科任交通员，负责上海与香港之间党的文件的传送。从此，一个来自山村的年轻人为了革命工作，开始奔走于大都市上海、香港间。

指着桌前的老板长衫和西装，邓小平带着浓重的四川口音一字一句地对李沛群说："沛群同志，这是组织上为你买来的，是为了工作的需要。穿上老板长衫，走路、坐相就得像老板。穿上西装，吃饭、谈吐就得像绅士。你要时时刻刻牢记我们四周都是敌人的耳目，来不得丝毫的差错，不能让敌人看出任何破绽，否则将酿成无法挽回的局面。"

回到房间，李沛群脱去对襟短衫，一会儿穿上长衫，一会儿又换上西装，对着镜子左瞅右看，走来走去，嘴里还念念有词着："穿长衫就得像老板，穿西装就得像绅士……"

这时交通员肖桂昌推门进来，见李沛群穿着长衫滑稽地练习走姿与坐姿，僵硬的模样令他发笑："老弟，你这演的是哪出戏啊？"

“阿昌，快来教教我！邓秘书长刚才交代我要会当老板和绅士，我正练着呢。”李沛群急忙招呼肖桂昌。

“这还不简单？老板很有钱，穿长衫就想象自己是有钱人啊，走路时多迈八方步，坐下时要撸好长衫，神清气定些。饭菜上桌时，肚子再饿，也不能抓过来就吃。至于绅士嘛，我也没当过，邓秘书长可是留洋回来的，你按他说的去办就行了。”肖桂昌笑着说。

谈笑间，肖桂昌很快帮李沛群换好了西装。李沛群西装革履对着镜子照了起来：眼前这个英俊潇洒的小伙子是自己吗？简直像是换了一个人。

两天后，李沛群受领了任务，要将一份党的文件传送到香港中共广东省委。李沛群换上西装前往，他把文件藏在西装夹层中，拎了一个小皮箱。验票检查时，巡捕们见眼前这个青年眉清目秀、气宇轩昂，说话的音调也降低了几度：“先生，打开皮箱让我们例行检查。”

李沛群慢慢放下箱子，悠悠蹲下打开锁扣：“请。”

巡捕胡乱翻了翻便放行了。

李沛群脱下礼帽微弓了下腰，说了声“谢谢”，然后信步登上了甲板。

随着一声鸣笛，轮船到达香港。李沛群神态自若地扫了一眼自带的箱子，理了理头发走下船，匆匆赶往事先约好的九龙上海街。

三下敲门声后，屋内传来问话：“是送货的吗？”

“是送货的。”

“送的是什么货？”

“橘子。”

话音刚落，门便打开了。“同志，一路辛苦啦，快进屋。”

李沛群随即将文件取出交给了广东省委的同志。

就这样，李沛群来回奔走于上海、香港之间，护送着党的文件，传递着党的声音。

上海、香港、广州，这些敌人营垒下的大都市，活跃着曾昌明、肖桂昌、李沛群等一个个“乡巴佬”。他们无畏白色恐怖，时而西装革履，时而衣衫褴褛，巧妙地与敌人周旋，出色地完成了党组织交办的任务。

“夫妻”双双回娘家

1931 年，开春时节。上海，周恩来寓所。周恩来向交通员熊志华下达命令，要他护送一份绝密情报到中央苏区，交给红一军团总政委毛泽东。

对于熊志华来说，传送情报早已不是什么新鲜事。但由周恩来亲自安排，神色凝重地面授机宜，却是破天荒第一回，可见这次行动之重要。顿时，熊志华仿佛感到肩上担子重千斤，心一下子沉了起来。但像往常一样，他不慌不忙地将文件藏妥，乔装打扮一番后，便独自踏上了往中央苏区的艰难行程。

几天的路途倒是比较顺利，没发生什么意外。这天，熊志华来到他再熟悉不过的永丰客栈。按规定，他要在这里等候武装交通员来接应。

“阿丙，又带什么好消息来啦！”交通员雷德兴刚把熊志华迎进里屋，便叫着他的化名，急切地询问。

已经闻到了厨房里飘出阵阵鱼香的熊志华故意卖了个关子：“我肚子里可是装满了好消息，不过，要是没有好吃的新鲜鱼汤上来，它们是不会出来的。”

正说着，余伯和余婶把炒好新鲜鱼片、熬鱼汤、熏腊肉端了上来。待大家都围桌坐定后，熊志华边吃边绘声绘色地说了开来："前不久，蒋介石派出他的心腹爱将张辉瓒为剿共总指挥，带了 7 个师 10 万人马进攻闽西、赣南我革命根据地。"

"那根据地的军民怎样啦？"熊志华才刚开了个头，余婶着急地插话问道。

"大妈，您别紧张。水来土掩，兵来将挡，毛委员和朱军长自有办法。我们的红军对来势汹汹的敌人采取了'诱敌深入'的对策，打开大门放白狗子进来，待他们转晕了、跑累了，再找个合适的地方，来个关门打狗。"

"好呀，就要狠狠地揍扁他们！"余伯握紧拳头打在八仙桌上。熊志华扶了扶碗，喝了口鱼汤后又继续说下去。

"结果，前后不到两个月，敌人整整 1 个半师被红军歼灭，足足有 2 万多白狗子哩！连他们的总指挥张辉瓒都被活捉了。红军还缴获了很多大炮、机枪、子弹和军装呢。"

正当熊志华说得来劲，大家也听得入迷之时，陈嫂子气喘吁吁地进门打断了他们的谈话。陈嫂子是里埔村人，丈夫当红军去了。她送来情报说，白狗子连日来在赤白交界处活动非常猖獗，风声很紧，那边的武装交通员一时过不来，只能在桃坑交通站接应熊志华了。

"那我们今晚就出发！"熊志华说。

"敌人的封锁线搜查很严，得想一个周全之策才是。"余伯和陈嫂子几乎同时说。

"就以老板做生意路过，我们派出几个人保护一起穿过。"

“不然就像以往那样绕着过？”

“装成被土匪抢劫后的样子从封锁区过，想必白狗子也不敢怎样。”

……

大家你一言我一语地想出了许多点子。熊志华一边认真听，一边心中冷静地分析利弊，他觉得上述办法均非良策。

临近子夜时分，熊志华看着对面坐的陈嫂子，突然心生一计。他瞄了一眼陈嫂子，略有迟疑地说：“我倒有个想法，大家看看如何？只是……”

见熊志华欲言又止，快人快语的陈嫂子着急地说：“有法子就快说呗，你怎么一下子变得婆婆妈妈起来了？”

于是，熊志华便把心中的想法说了出来——他与陈嫂子扮成夫妻二人回娘家，通过封锁线。顿时，陈嫂子脸上红晕浮现，但很快她就点头赞许：“那我等下就到沙下坝去备些礼物，在里埔村等你们。”余伯、余婶和几个交通员也都认为当下这是个上策。

第二天上午，熊志华在交通员雷德兴的护送下来到里埔村陈嫂子家。陈嫂子微笑着迎了出来，一个俊俏的村姑跃然眼前——乌亮的头发精心梳成一个发髻，侧面插着一朵花，一身花布棉衣裤，穿得很是得体好看。

再看看“丈夫”熊志华，也由原先的老板装扮改成一个准备陪老婆回娘家的地道农村汉子了。

一旁的雷德兴瞅了瞅陈嫂子，又看了看熊志华，笑着说：“来来来，你们两口子站在一块让我好好瞧瞧。嗯嗯，还真像一对夫妻，够般配的啊。”陈嫂子止住雷德兴：“好啦，别再胡说了，说些正事好应对白狗子。”接着转身对熊志华说道：“这关卡上的白狗子都挺眼尖耳灵的，你是外地人，最好少搭腔，就装老实待在一旁就行了。白狗子查问时，尽量由我来应付，你说行吗？”

熊志华点了点头道：“好，那到时就看你的啦。”

陈嫂子走进屋，取出一只竹篮子递给熊志华说：“这是上我娘家孝敬父母大人的礼物。”熊志华掀开遮布看了看：六包线面、两包寿饼、一包红糖，赞许地说：“你想得真是周到！”

考虑到那段时间敌人对常走的路线查得特别严，陈嫂子提出绕道走，从北面的花窗下、段丰一带通过封锁线。

“好是好，只是那样走，要多走十几里路。你一个女人家受得了吗？”雷德兴不无忧虑说。

“只要能平安越过封锁线，我就是磨破脚底也心甘情愿，别说多走十几里路。”陈嫂子一脸坚毅地说。

熊志华钦佩地点了点头，同意了陈嫂子的想法。接着，他们三人又商量了一番过封锁线的具体方案。

临出发时，熊志华从腰带上取出绝密文件，将其藏在寿礼包底部的纸缝中。陈嫂挎上竹篮刚走过门槛，又扭头回家抓了只正在下蛋的老母鸡放在另一只篮子里，告诉熊志华说：“多给哨卡上的白狗子点油水捞，过关卡会更容易些。”

与雷德兴道别后，这对革命“夫妻”便上路了。他们穿过一道道山梁，涉过一条条小溪。临近中午，到达花窗下的敌人据点。这对“夫妻”肩并肩地走近了敌岗楼。突然一声嘶叫：“给我站住！”两个白狗子横挑着枪走了过来，其中一个刀疤脸的国民党哨兵厉声喝道：“上哪去？”

“过山回娘家去。”陈嫂不紧不急地回答。

“到娘家干什么？”

“我娘做寿，做女儿的前去拜拜寿，孝敬孝敬父母。”白狗子贼眼一转，朝熊志华喝了一声：“你又干什么去？”

熊志华一副老实巴交样：“老总，我老婆要我陪她去。”

陈嫂子马上抢过话来说：“哎哟，我说老总呀，他是我男人，这你都看不出来啊。”一边说一边拉住熊志华，往他肩头上一靠，对白狗子说：“我男人可听我的。”

那刀疤脸不耐烦地吼道：“少啰唆，快打开包裹检查！”

“查就查，不就是两包寿面吗？”陈嫂子把藏有文件的竹篮往地上一放，顺势朝前走了一步。

“都带了些什么好吃的给娘家啦？我们有没有份啊？”

“咱贫苦人家哪有钱买好东西啊，不就是一些寿面寿饼嘛。”陈嫂子说着，顺势掏出两块寿饼递给白狗子。

“老总，你就行行好，让我们早些赶路嘛。”

“衣服里面藏有什么东西吗？”

“我一个妇道人家会有什么东西嘛。”陈嫂子不气不恼地说道。

一通检查后，两个白狗子见找不出什么破绽，啃着寿饼正欲离去，那个刀疤脸突然盯住熊志华脚边隐藏有文件的篮子，急步迈过来。熊志华见状甚是着急，陈嫂子急中生智，只见她说时迟那时快，用手使劲地捏了捏挎在左手篮子中的老母鸡，老母鸡顿时咯咯闹腾起来。白狗子的注意力一下子就被吸引了过来，刀疤脸走过来一把揪住老母鸡，蛮横地说：“把这个留下来给老子补补身子。”

“老总，这老母鸡是专门给我娘拜寿供菩萨用的，你就行行好还给我们吧。”陈嫂子随即伸手假装抢夺。

“还不给老子快滚！不把你留下就算你走运了。”

“老总，这只鸡你拿去，换一块光洋给我们吧。”熊志华闷头闷脑地应了一句。

“娘的，老子三个月都没发饷啦，你还想要光洋，快滚开！”陈嫂子见势，一边拉着熊志华往前走，一边回头朝白狗子愤愤不平地唠叨着。

离敌岗楼慢慢远去，距苏区越来越近了。熊志华问陈嫂子为什么敢跟白狗子没完没了的斗嘴，陈嫂子说，过关卡要不故意跟白狗子扯上一阵，反而容易引起他们的怀疑，会认为此人心中有鬼。跟他们多争辩几句，反倒更安全些。

“经过革命风雨的历练，我们的群众都掌握了一套应对敌人的本领。”看着眼前这位不到30岁的陈嫂子所展现出来的成熟和精明，熊志华不由心生敬意。

“过了这道山冈，再穿过一片不大的松树林，就是我们根据地的地盘了。”陈嫂子指着前方那道山冈对熊志华说。

虽说才十几个小时的“夫妻”关系，分别时两人都露出了相互牵挂的眼神。此时，熊志华想说的很多，但一时又不知该说啥好，只冒出一句：“陈嫂子，你回去吧。”

“你放心吧！这一带我熟，对付他们我有办法。你到根据地后，有机会帮我打听一下我老公是在红军哪支部队，告诉他我们都盼着他们早些打回来，好好收拾收拾这些可恶的白狗子。”

接下的路途，熊志华和陈嫂子都没遇上意外，各自顺利到达目的地。他们俩装扮成夫妻同闯封锁线，顺利完成了党交给的重要使

命，这段传奇故事在中央苏区成为佳话。

熊志华，福建永定人，1930 年进入中央特科从事地下交通工作，被誉为中共“四大交通员”之一。在白色恐怖猖狂期间，他一次次安全护送进入中央苏区的干部，传递绝密情报。一次他在护送情报中被敌人发现，腿部被击伤，仍强忍剧痛把情报送到目的地。

在抗战的艰苦岁月中，熊志华担任党中央外交部交通科副科长、交通联络站站长，机警灵活地开展地下工作，安全护送了国际共产主义战士白求恩从香港进入武汉汉口。解放战争时期，他在香港、上海一带负责党的秘密交通工作，及时传递情报、护送人员和物资。

新中国成立后，熊志华历任上海市委招待所所长、市委组织部科长、干部处副处长、上海市委办公室副主任等。“文化大革命”期间，遭“四人帮”打击迫害去世。

侦探长来自“南洋”的家信

时过一年，大埔青溪交通中站的两个交通员正帮老百姓担柴火，远远望去，有一个探头探脑的家伙正鬼鬼祟祟地东张西望。“此人很面熟呀。”交通员杨雄初同战友丘寿书说。

“是啊，好像经常看到。”于是他们放慢脚步回想。“对啦，就是那个经常在码头、站口歪戴礼帽，在一旁看着人员被检查的家伙，肯定是个头儿。”

想到这儿，杨雄初和丘寿书放下肩上的柴火，把藏在腰间的手枪上了膛，两人交头接耳一阵后，慢慢担着柴火朝那个东张西望的家伙走去。

3 米、2 米、1 米……说时迟那时快，杨雄初、丘寿书将柴火往那家伙身上一扔，两人几乎同时拔出手枪压了过去，一问，果然是大埔特务的头子——侦探长邬水归。

大埔交通中站站长卢伟良随同杨雄初、丘寿书将此人押到山上。邬水归四下看了看，见眼前是三个便衣游击队，便狂言道：“你不看看这里是谁的地盘，赶紧将我放了，不然你们不得安宁。”

“你死到临头还嘴硬。告诉你，邬水归，只有老老实实地听从我们安排，照我们说的去做，才是你的唯一生路。”卢伟良手握驳壳枪点着他的头训斥说。

这侦探长见势头不对，认为还是保一条老命重要，顿时来了个一百八十度的转弯，点头哈腰地回着话。“有事请吩咐，有事请吩咐……”

“你要写两封信，一封信是以你已到汕头的口气写信给父母兄弟；另一封信以自己到香港的口气告诉你老婆，说自己不愿意干侦探工作，准备出南洋另谋出路。”卢伟良严厉地对邬水归说。

邬水归眼珠子骨碌一转：“这，这，不好写……”

“不写，马上送你上西天。快说，写，还是不写？”丘寿书用枪顶着他的脑袋说。“好，好，我写，我写。”邬水归战战兢兢地接过笔和纸，一笔一画、一字一句地按卢伟良的命令伏在草垛上写着：

珍珍，我的妻：

世事沧桑，人间冷暖，你我多年，相依为伴。想到家中爱妻，便会想到自己干的这行当，整天魂游在外，提心吊胆，一要担心共产党，二则怕上司指责怪罪……如今的年头，世道甚乱，生死难测，经多年行走江湖，身不由己，想来想去，还是决定不干侦探这鬼差事，打算到南洋做些小生意，到时再接你出去……

爱你的夫：邬水归

写完这封给妻子的信，邬水归眼眶竟还真有些湿润，他不动声色地用手臂蹭了蹭眼睛说：“让我抽支烟吧。”卢伟良递了支烟给他……

“快写！”杨雄初手握枪大声呵斥。

邬水归垂头丧气地将烟头扔掉，无可奈何地抓起笔继续写第二封信：

父母、兄弟：

儿不孝，如今世事杂乱，战争频繁……同事间，为官间，钩心斗角，明争暗斗，尔虞我诈。令人心烦意乱，防不胜防……

由此种种，水归决定远离是非之地，到南阳谋生，另找出路……望家人各自保重。

不孝之男：邬水归叩上

写完信，又分别写了两个信封，将他家的地址和老婆的地址写好后，卢伟良代表人民惩处了这个作恶多端的侦探长，同时命令杨雄初速到汕头、香港分别将两封信寄出。

大埔县城的敌侦探队内，一群背着驳壳枪的侦探聚集在一个大厅里。“邬探长怎么去了这么久不见人影，难道出事啦？”

“赶快派人到附近查查。”

几天后，乱成一锅的敌侦探队获悉邬探长家中收到来信，知道邬水归不辞而别去了南洋，便七嘴八舌地议论起来。

“这家伙肯定贪污了钱财，认为窗户纸已经捅破，不走也完蛋，走也完蛋，但走一天算一天。”平日常被指责的特务大发牢骚起来。

“可不是嘛，平常成天花天酒地，逛妙春楼，哪一样他没尝过？

如今见事发不好收拾了，干脆一走了之。”

“说不准这家伙暗通共匪，干了许多见不得人的勾当，卷起钱财躲起来了。”这位常挨邬水归打骂的特务愤愤地说。瞬时，侦探队里闹成一锅粥。后来，邬水归的老婆也跑至队里讨说法，要侦探队给她吃饭钱，平日里就乌烟瘴气的侦探队愈发乱得不可收拾了。

三个月后，交通站出了叛徒，审讯中叛徒说出了写信一事，敌人才恍然大悟。然而，一切都为时晚矣。

真正的铜墙铁壁

毛泽东曾指出：真正的铜墙铁壁是什么？是群众，是千百万真心实意拥护革命的群众，这是真正的铜墙铁壁。

这句话用在当年为红色秘密地下交通线做出巨大贡献的革命群众身上，最贴切不过了。在这条红色交通线上，广大革命群众冒着生命危险掩护交通员、护送干部、运送物资、搜集情报、望风放哨……

建国后任中央办公厅副主任、国家档案局局长的曾三同志曾深情地说："红色交通线是交通员用双脚踩出来的，用血汗浇灌出来的。战斗在这条秘密交通线上的广大交通员和革命群众，不为名、不为利，勤勤恳恳、百折不挠，做出了特殊的贡献。他们置生死于度外，革命第一，工作第一，为保守党的机密不惜流血牺牲，他们是中国革命史上的无名英雄。"

如果说交通员是交通线这条红色大动脉上最活跃的细胞，那么广大革命群众就是赋予这些细胞充沛生命力的血液。党的地下交通站和当地革命群众是休戚相关的。交通沿线设立的大站、中站、小站，在广大革命群众的掩护下，安全、顺利地完成了一个又一个的艰巨任务，谱写着一个个传奇故事。

1929年9月17日，毛泽东因“打摆子”（即患疟疾病）在永定金丰大山牛牯扑搭建的草寮疗养，还饶有兴致地给草寮写了个横批：“饶丰书院”。在当地民间医生吴修山的治疗下，病情速为好转。当天下午，反动民团六七百人突然扑向金丰大山围剿。眼看敌人已经迫近，毛泽东由人扶着向山上转移，可重病在身行动不便，敌人越来越近，这时身材比毛泽东矮一大截的当地群众陈添裕背起毛泽东就往山上跑，一口气竟跑了10余里路，远远地甩开了敌人的追剿。

危险过后，毛泽东把陈添裕这个名字端端正正地记在随身带的小本子上。事后，毛泽东对一起从井冈山下来的曾志（新中国成立后任中组部副部长）说：“看起来我这个人命大，总算过了这道‘鬼门关’。”1949年开国典礼前，一张中央政府寄来参加开国大典的请柬，送到了当年救了毛泽东的牛牯扑革命群众陈添裕手中。

青溪是汀江岸边的一个小镇，地处通往中央苏区的咽喉要道——赤白交界的“虎口”部位。自从党组织在此设立了交通中站后，一大批革命群众为了地下交通线的畅通，为了地下交通员的安全，置个人与家庭的安危于度外，出生入死，演绎出一个个感人的故事。

在青溪，水运比较发达，一直坚持参加护送党的干部、交通员和物资的船老大，就有20多户。遇有大批量的物资需要转运时，在当地党组织的组织下，常有多达二三百人的群众踊跃参加运输队。

扁担、竹竿、绳索、麻袋，就是武器。他们经常是一个晚上披星戴月，辛苦跋涉百余里，将物资送到永定苏区。风雨无阻，日夜兼程，这一切都发自人民群众内心对革命的拥护、对未来美好生活的向往……

1931年春的一天，上海派出一位交通员要到中央苏区去，时间紧迫。青溪交通站找来了老关系户余虎头，请他出船接一趟“客人”。余虎头是青溪村人，30多岁，因身体健壮、虎头虎脑的，乡亲们平常都叫他“虎头”。当时余虎头家中七旬老母重病在床，他正要出外请郎中，听到又有“客人”要接，二话没说便拿起撑竿跳上船。

“官路上白狗子搜查得厉害，走水路还是比较稳当的。”余虎头轻声对交通员说，他似乎看出这趟用船的目的。

挺立船头上的余虎头将撑杆往岸上一点，船缓缓驶入江心。余虎头望着村口的反动民团团部和山边的一个个碉堡，气愤地骂道：“白狗子的枪杆能横在官路上，总不能横在咱心头上，看他们还能横行多久。”

3月，一个风雨交加的上午，一名交通员在上海南京路与福州路间的浙江路上一家小旅馆住下。疲惫的交通员竟把看完的文件粗心大意地忘在了被子里。午后，收拾房间的店小二在整理被子时发现了这份文件，他没有声张，而是小心地将文件隐藏好。待交通员回旅馆时，暗暗告知整理房间时的情况，并将文件取出交还交通员，并叮嘱说，旅馆中有国民党，文件一旦被他们发现那可太危险了。还说前段时间也遇到过类似的情况，结果把那人给抓去了。

桃坑交通小站位于与青溪交界处，是通往中央苏区的必经之地。桃坑的20余户人家都是贫苦农民，他们都是革命的“堡垒户”。

1932年秋的一天深夜，中央交通员熊志华护送无线电台来到桃坑，家住交通小站旁边的梅芳嫂又过来帮忙接待照应。当她在不远处河边洗完菜端着正要往回赶时，猛然间发现一群敌兵正借着夜幕的掩护，端着枪，鬼鬼祟祟地朝着交通小站包抄过来……

已经不到50米了，从河边跑回交通小站报信显然已来不及了，只见梅芳嫂急中生智地把手上的铜盆猛地往路旁一块大石头上一砸，寂静的夜空中一声震响。梅芳嫂大喊："敌人来啦！"撒腿就往交通小站的相反方向跑去，敌头目"不要开枪"的话音未落，一个敌兵已仓皇地开了一枪。

敌人兵分两路，一路追击梅芳嫂，一路继续快速朝交通小站包抄过来。但铜盆声和枪声早已惊动了交通小站，里面的同志们当即就带上电台从后门奔上山林了……

电台保住了，交通员安全了，梅芳嫂凭着对地形的熟悉最后也摆脱了敌人的追击。事后大家才知道是有叛徒告密。

大埔交通中站所在地青溪的一位大娘，一次上县城茶阳赶圩，在餐馆听到酒后失言的白狗子说第二天要到青溪去抓共产党。这位大娘听后顾不得把东西卖完就赶忙跑回青溪，连自己的家门也没进，立即找到郑启彬告知此情。郑启彬同卢伟良站长分析后，分别作了准备。果然第二天敌人一个中队耀武扬威地冲进青溪乡肆意搜查，还到离永丰客栈不远的几间民房搅得鸡飞狗跳。由于提早作了准备，这几间房中的一些物资被转移到山上的炭窑里面，使得敌人扑了空。事后，卢伟良向交通站的全体交通员通报了此事，告知大家一定要为老百姓多做些事，和当地的群众打成一片，才能赢得老百姓的支持，交通工作才能立于不败之地。

设在青溪乡多宝坑的交通小站，就在当地革命群众邹日祥、江崔英夫妇家中。交通员亦是由他们夫妻二人担任，是地地道道的群众交通员。邹日祥全家五口，母亲、兄弟二人和他的妻子江崔英及儿子。他们一家多次冒着生命危险护送党的干部和物资，保证了人员和物资安全进入苏区。

大埔多宝坑的群众都知道邹日祥家里有数不清的"亲戚"来来

往往，都对他们一家为革命做事心知肚明。一年下来，他家单大米饭、地瓜干等就不知要吃去多少，每每青黄不接时，村民都会主动地往他家送粮和地瓜。

1932 年 9 月的一天晚上，多宝坑像往常一样，人们耕作回家，洗去一天的疲惫已熄灯休息，突然邹日祥家响起了枪声。原来因叛徒告密，一大帮匪徒正将他家包围，邹日祥的母亲江强英听有人敲门，整了整衣服去开门，砰的一枪，老人当即倒在门前，前屋的武装交通员边回击边撤退到后屋，掩护护送电台零件的交通员从后山逃离。邹日祥则和兄弟、妻子被抓。后来被保释出来，随后又投入到交通线的工作中。

1965 年周恩来到广州视察期间，回想起 1931 年在多宝坑交通站邹日祥、江崔英煮鸭子宴请他的情景，特意问身边陪同的省领导这对夫妻当时的生活状况，令老区人民激动不已。

成千上万的革命群众为了中国革命的胜利，不为名、不为利，默默冒着生命危险，不怕杀头、不怕坐牢，坚定信念为革命做贡献……这样的人民群众，就是共产党打江山最坚实的基础、最可靠的靠山、最有力的胜利保证。

时任中共湖南省委秘书的曾三，1931 年进入中央苏区后任红军通信学校校长兼政委，他在 1986 年回忆当年过封锁线情况时，饱含深情地说：“为了避开敌人，经常得绕路走。有时山上没路，我们的群众就在前头边走边开路，我们在后边高一脚低一脚地跟着走。一到歇息的地方，就有老百姓把我们领到他们家吃饭。当地老百姓都很穷，但给我们端上来的大米饭都香喷喷的，还有猪肉鱼肉。”

把机密永远带走

共产国际执行委员会远东局在 1931 年 3 月 28 日的一封信中指出：

> 我们有信使服务，而且这种服务在不断改善。……通常有 50% 的信使落到敌人手中，这对工作是很大的损失。

“砍头不要紧，只要主义真。为了真理存，献身为革命。”这是众多红色地下交通员为坚守秘密，不畏强敌，坚定革命信念，忠心耿耿为党和人民不惜牺牲自己的真实写照。

1933 年夏，上海信德里（现新闸路）35 号，一座三层民房紧闭的屋内，中共中央交通局局长陈刚对交通员冯华面授机宜：“冯华同志，东北民主联军的两个代表要到中央苏区参加全国第二次苏维埃代表大会，组织上决定由你护送他们，顺便带些苏区急需的无线电零件，路上要注意安全。”

接受任务后，冯华秘密与两位民主联军的代表约定好时间地点、接头暗号，将要带走的无线电零件藏在人丹的包装盒内，买好往香港的船票，第二天便出发了。

第五章 护 脉

两天的航程，他们顺利抵达香港。由于香港交通总站之前因叛徒告密、站长王弼被捕，香港交通总站就此撤销。他们买好往汕头的船票，便在码头附近的富源小旅馆住了一晚。第二天上午 9 时，他们登上了往汕头的船。约莫两天的船上摇晃，两位民主联军的代表因晕船呕吐显得很疲惫。冯华既要时刻警觉不被敌人发觉情况又要尽量顾及两位民主联军代表。

“你们是第一次坐船吧？船颠簸时尽量卧床休息，不要走动，这样会好些。来，喝些开水会舒服些。”

大约两个小时后，船抵达汕头。冯华领着他们下了船，坐上人力黄包车直往汕头的金陵旅社。

冯华登记好旅社住宿手续后，正要引两位代表上楼，突然眼前一闪而过的面孔令他吃了一惊：“这不是原先在上海同事过的孔白玲吗？前不久叛变投敌，打狗队正四下找他算账。”

“冯华，站住，识相点，与我们合作，我会给你荣华富贵的。”叛徒无耻地对冯华说。

“老王，有敌人，你们赶快离开，我来掩护你们，快，快！”随即死死揪住叛徒厮打起来，暗藏在角落的特务见孔白玲被打，赶忙上前救助，几个特务厮打一阵后冯华被牢牢扣住。

叛徒孔白玲见特务全围在他身边，怒斥：“你们这些笨蛋，围在这里干吗，赶快去抓另外两个共产党。”而此时，老王他们早已跑得无影无踪了。

汕头敌军警处，冯华被抓到刑室审问，几个刽子手分别站在各式刑具旁。“说，你的另外两个同党是谁？你们携带的无线电零件是送给谁的？”

冯华怒视群敌，双手被反吊着，嘴里没吐一个字。

敌人取出烧红的烙铁，往他胸前压去，顿时嗞嗞作响，惨不忍睹。

冯华又是一阵昏迷过去，身上的衣服到处被烫焦，但他仍不说话。

“娘的，到底说不说？”一阵鞭子又雨点般落在冯华身上。冯华紧闭眼睛，咬着嘴唇，任凭敌人拷打。

负责审讯的敌侦探队队长见冯华如此坚强，又瞥了一眼旁边的孔白玲，心中暗想：“要是共产党员都像冯华这样，那我们就什么也得不到啦。”他怒气冲冲地吼道：“明天送他上西天！”转身愤然离去。

罪恶的子弹划破汕头上空，人们暗中传颂着，又一位英雄离开我们了。

龚增祥是中央交通员，曾多次出色完成执行任务，有几次在极度艰险的情况下与敌斗智斗勇，终化险为夷躲过险关，曾获得中央交通局“交通战线勇士”的光荣称号。

1931 年 7 月上旬，龚增祥执行一项紧急任务，向各位中央领导成员口头传达共产国际给中共的指示。当时的上海，白色恐怖达到顶峰时期。4 月，中央特科负责人顾顺章叛变；6 月，党的领导人向忠发叛变，这对于在上海国民党营垒下开展工作的中共中央来说，无疑是雪上加霜。

龚增祥机警地在法租界周恩来住处传达完，又在小沙度路口向李立三进行传达。刚到维尔蒙路向袁炳辉传达时，一个叛徒发现了他，就在拐过路口要进 62 号通知的时候，他看到身后有两三个人在跟踪他。这时，为了保护领导的安全，他故意在大街上点起一支烟抽了起来，这样能让中央领导人发现已有敌人跟踪，以做好撤离准备。

叛徒迫不及待地与几个特务从两面围了上来。

“为啥这么悠闲自在呀？”

“在家闷得慌，出来散散心，感受感受大上海的氛围。”

“走，跟我走一趟！”几个特务围上将他带到了国民党特务机关。

昏暗的刑审室里，几盏灯照在孤零零的一张木板凳上，显得更加阴森，几个刽子手站在一旁。

“龚增祥，让你见识见识这是什么地方，你可随便参观。等你想好了再回答问题。”负责审问的国民党特务头子狰狞地笑着说。龚增祥目不斜视地站在那里，动也不动一下。敌特务头子耐不住了：“说，机关地址、中共首脑住处在哪里？”

龚增祥一动不动，站在原地昂首屹立，像一座丰碑。

敌人的问讯毫无效果，龚增祥一个字都不说。“给我上刑，看你有多硬？”特务头子暴跳如雷地吼了起来。

龚增祥被绑在木椅上，双脚被铁链捆着。刽子手走近，手里握着闪闪发光的匕首。

“给他剃头！”特务头子吼叫着。

闪着寒光的匕首落在龚增祥的头上，鲜血流到他的脸颊上、鼻子上、眼睛上……

“剃头的滋味还好吗？哈哈哈！”刽子手发出狰狞的笑声。

匕首一刀刀划在龚增祥的头皮上，他强忍着剧痛，依旧昂头坐在木椅上。

面对如此坚强的共产党员，敌人见硬的不行，便又施一计，放他出狱做诱饵，妄图诱捕其他地下党员。龚增祥识破敌人的诡计，毅然留宿街头讨饭。在上海的中共地下党看到他的惨状，想要设法营救，但他都千方百计示意同志们走开，见有同志不知情想靠近他，便举起打狗棍装疯卖傻将其赶走。半个月后，敌人的阴谋再次落空。最后，敌人又将他抓回，年仅 24 岁的龚增祥壮烈地倒在了敌人的屠刀下。

1928 年 7 月 1 日，永定暴动爆发。出生于永定县凤城镇的郑启彬时年 20 岁，正是血气方刚、激情满怀的时期，他举起竹竿，随暴动大军攻占县城，不久加入了共产党。1929 年，当选为县苏维埃政府主席。红色秘密交通线打通后，经组织上严格挑选，于 1930 年 7 月被派往大埔交通中站任交通员。

郑启彬被调往大埔青溪交通中站后，以一个客家汉子的热情和勤劳访贫问苦，帮农民劈柴、种地、担水、种菜，与民众打成一片，大家亲切地称呼他“郑大哥”。当地群众有什么难处总会找他聊聊，郑启彬也热情地尽量帮助解决。久而久之，民众便与他结成了兄弟。

在大埔交通站期间，郑启彬曾护送中央交通员穿越封锁线、护送洋顾问李德进入苏区、输送着中央苏区急需的紧缺物资，多次受到闽西特委的表扬，被授予“交通线上的尖兵”等光荣称号。1934 年 10 月，中央苏区第五次反“围剿”失败后，红军被迫进行战略大转移。郑启彬留任大埔交通站任站长，继续开展党的地下交通工作。

1935 年 12 月，红军游击队在敌人的围剿和封锁下，经历了最为艰难的时期，一些经不住考验的人相继叛变革命，投向敌人。27 日傍晚，当郑启彬执行任务回到大埔同天饭店，在一旁守候多日的叛徒用颤抖的手指指向他：“就是他，他就是大埔交通站站长郑启彬。”随即，几个特务持枪扑向了郑启彬。

敌人想在郑启彬身上审讯出一些秘密，好立功拿奖，但郑启彬宁死不屈，令敌人大失所望。第二天，便将他杀害于大埔。年仅 27 岁的共产党员、地下秘密交通员，为了党的尊严，为了广大贫苦人民的解放，献出了宝贵的生命。

永丰客栈隔壁住着一个叫余灿昌的单身汉，暴动后加入共产党。交通站一有什么情况，他总是第一个到永丰客栈，帮忙传送信件、物资。还有三个负责在护送过程中帮着提运行李的共产党员余均平、余川生、余积邦，都是青溪本地人，为红军秘密交通线做出了贡献，后来因叛徒出卖，惨遭民团陈绍武杀害。

让我们记住为新中国建立而献出宝贵生命的无名英雄吧：

汕头绝密交通站站长陈彭年和交通员黄华，1934 年 10 月参加红军二万五千里长征，在过草地时牺牲。

李寿科，上杭人，1932 年春从汀州红军军官学校调入闽西永定交通大站任交通员，同年冬在桃坑交通小站时，为掩护交通员和物资的安全转移，与数十倍于我的敌人展开搏斗，英勇牺牲。凶残的敌人将他的头颅挂在县城示众。苏区军民在古木乡为他召开了追悼会，苏区交通总站负责人杨友青专程赶赴参加。

还有杨雄初（永定人）、温仁宝（上杭人）、蔡雨青（大埔人）、张超、丘寿科、孙世阶、余均平（大埔人）、余川生、余秋邦、余维邦、江如良……许许多多的革命群众为支援交通站转移、运送物资、护送干部、保护交通站而英勇牺牲。

为了保证这条苏维埃血脉畅通，战斗在红色秘密交通线上的交通员们倾注了汗水和鲜血，他们用双脚穿行在荆棘丛生的山间、车水马龙的城市，用保密和忠诚书写着中国革命史的篇章，留下一页页恢宏壮丽的史诗。

红色地下交通员所做的每一件事，都紧紧连着党中央和红军；他们所做的一切，都是惊天动地的。他们有喜不能扬，有苦不能诉，有话不能说。每时每刻，都处在高度警惕之中。依照纪律规定：上不传父母，下不传妻儿。他们所获得的表扬和历经的艰辛，只能独自享受和克服。

在这些无名英雄的心中，没有名利，没有艰难困苦；在他们的口中，没有半句多余的话，也没有感情的流露。

无怨，是他们饱尝酸甜苦辣，在非常人所能承受的煎熬中的坦然一笑。

无悔，是他们坚定地为了党和人民，为了中国革命的胜利，出生入死，临危不惧，英勇不屈，严守秘密的真实写照。

在众多的地下交通员中，许多人甚至没有名字，只有代号；在险恶的斗争中，交通员没有语言，只有行动；在面对死神降临的时候，他们没有悲伤，只有大义凛然。

这条苏维埃血脉，是红色地下交通线上的英雄们冒着生命危险、不惜牺牲自己性命，用忠诚和勇敢守护着的生命线。他们犹如一块块基石，铸成了共和国的大厦。他们，就是人民心中不朽的丰碑！

后　记

本书的再版，对于作者来说是莫大的欣慰。因为所著作品能为社会服务，会有更多的读者受益。

《苏维埃血脉：上海至中央苏区秘密交通线纪实》一书出版已经有 7 年时间了。在福建省国家保密局和金城出版社的大力支持下，本书得以再版，亦可更大地满足读者的需要。这次再版，作者对内容进行了修改调整，书名改为《苏维埃血脉：中共中央至中央苏区秘密交通线纪实》。

笔者从事 30 余年党史研究工作，积累了一些相关资料，加之数年中收集史料以及走访诸多知情者，撰写成本书。在成书过程中，中共中央党史研究室原副主任、全国著名党史专家石仲泉热心鼓励并为本书作序；中国作家协会会员、井冈山市党史办副研究员刘晓农为本书付出了艰辛和汗水；龙岩、上海、汕头、潮州、大埔、瑞金、永定、连城、长汀等市、县党史部门给予了大力支持；书中一些图片由汕头、大埔党史部门等提供；厦门市公安局警官柯兆星提供了帮助；作家吴尔芬、李春秋为本书提出了宝贵意见；中共福建省委办公厅副主任兼省国家保密局局长王佗在繁忙的工作中为本书撰写再版序言。在此，作者一并表示感谢！

由于笔者水平有限，书中难免有不尽如人意之处，敬请行家和读者指正！

李元健

2016 年 9 月